Moka

L'enfant des ombres

Médium
11, rue de Sèvres, Paris 6e

ISBN 978-2-211-02707-6

Loi n° 49.956 du 16 juillet 1949 sur les publications destinées à la jeunesse : septembre 1994
Dépôt légal : décembre 2007
Imprimé en France par la Société Nouvelle Firmin-Didot au Mesnil-sur-l'Estrée (87899)

L'enfant des ombres

1
Du côté des filles… et du côté des garçons

Camilia rêvait. C'était son rêve préféré, celui auquel elle pensait très fort avant de s'endormir en espérant qu'il reviendrait, une fois encore, durant la nuit.

Elle courait dans les hautes herbes. Le pollen des fleurs flottait dans l'air comme une neige colorée. Elle pouvait presque sentir le parfum de la terre chaude. Au loin, près des nuages, un oiseau volait en cercle. Il descendait par intermittences, porté par les turbulences. C'était un faucon.

Camilia appelait. Mais sa voix, on ne l'entendait pas. Le nom qu'elle prononçait était celui de sa mère. Angelica, Angelica, mon ange, mon amour, où te caches-tu aujourd'hui ?

« Tu es là, tout près, je ne te vois pas mais je sais… Ce n'est pas vrai que tu es morte, puisque tu es là, dans mon rêve. » Camilia attrapa un papillon, ou plutôt le papillon attrapa Camilia. Les ailes dorées brillaient dans la lumière.

Et si on prêtait l'oreille, on surprenait le tendre bruissement de leur battement. Et alors…

– Réveille-toi ! Oh ! réveille-toi ! Je t'en prie !

Camilia grogna et se retourna pour échapper à la pression de la main. Trop tard. Le rêve s'était enfui. Elle se redressa et se frotta les yeux.

– Laisse-moi tranquille…

– S'il te plaît, oh ! s'il te plaît…

Camilia ouvrit franchement les paupières, essayant de percer la nuit pour apercevoir le visage de Morgane.

– Tu ne vas pas me réveiller à chaque fois ? protesta-t-elle.

– Je ne peux plus me retenir, répondit Morgane d'un ton plaintif.

Camilia soupira et chercha son châle au pied de son lit.

– Bon, ben, dépêche-toi, maintenant!

Les deux filles se glissèrent dans l'allée. De chaque côté, il y avait cinq lits, tous occupés. Dix filles de onze à treize ans dormaient là.

Les toilettes étaient dans le couloir. Toutes les filles y allaient toutes seules. Toutes, sauf Morgane.

– Tu m'attends, hein? dit Morgane. Regarde bien s'il n'y a rien...

– Mais non, il n'y a rien! Juste une idiote qui veut faire pipi et une autre idiote pour lui tenir la porte!

Camilia savait comme il est difficile de dormir quand on a envie d'aller aux toilettes. On ne pense plus qu'à ça. Et la dernière fois où Morgane avait essayé, elle avait fait pipi au lit. Depuis, les filles l'appelaient «la pisseuse».

Morgane avait peur. Si peur que, à l'approche de la nuit, elle commençait à trembler.

– Puisque je suis là, dit Camilia, je vais y aller aussi.

Morgane s'appuya contre le mur, le regard tourné vers le coude du couloir, à l'amorce de l'escalier.

– Je les vois ! gémit-elle. Je les vois, elles sont là !

Camilia ressortit brusquement du cabinet et se planta au milieu du couloir pour inspecter.

– Tu t'es trompée. Il n'y a rien.

– Elles se cachent quand tu es là, répondit Morgane.

– Je crois surtout qu'elles se cachent dans ta tête !

– Je ne suis pas folle, murmura Morgane.

Elles retournèrent dans le dortoir. Camilia se coula dans son lit, heureuse d'y retrouver un peu de chaleur.

*

* *

Camilia et Catherine tenaient les deux cordes. Valentine s'essaya à nouveau à une figure acrobatique et se retrouva par terre, les pieds emmêlés. Elle éclata de rire.

– Bon ! Ce n'est pas mon jour ! Vas-y, Camilia !

Et à ce jeu-là, Camilia était imbattable. Elle ne s'arrêta que parce que Catherine fit une fausse manœuvre et embrouilla les cordes.

– J'en ai marre, dit Valentine. Si on s'échangeait les nouvelles ?

« S'échanger les nouvelles » était une des principales activités de leur petit groupe. On parlait des autres. Des autres filles, des garçons dans le bâtiment d'à côté, des parents, des professeurs et de la directrice de la pension.

« Ragots et compagnie », comme disait parfois Valentine.

– Il paraît que les dortoirs vont devenir mixtes, commença-t-elle.

– Tu plaisantes ? fit Catherine en ouvrant de grands yeux.

Valentine hurla de rire, comme cela lui arrivait vingt fois par jour.

– Ce que t'es cruche, ma pauvre fille ! Ça serait marrant, non ? Qui veut de Jules-l'empoté dans son dortoir ?

Elles firent toutes les trois une monstrueuse grimace. Jules-l'empoté était leur bête noire. C'était un garçon de quatrième, moche, nul et sale. Les dortoirs et les cours de récréation étaient séparés, mais garçons et filles se retrouvaient dans les salles de classe.

– Qui veut Armand dans son lit ? demanda Valentine.

Catherine pouffa et devint rouge écrevisse. Armand était le garçon le plus convoité de toute la pension.

– Pas moi, dit Camilia. Je le trouve prétentieux. Je préfère Gall.

– Gall ? répéta Valentine. Il est un peu bizarroïde.

– Il n'est pas comme les autres, dit Camilia.

– Moi, il n'y a qu'un seul homme dans ma vie ! s'écria Valentine. M. Sam, *himself* !

– Le prof d'anglais ! ricana Catherine.

Valentine sourit. Son regard bleu se perdit un instant entre les branches décharnées des marronniers.

Aplatie contre le mur, Morgane regardait les trois amies avec envie. Sa silhouette frêle se fondait dans le gris de la pierre. Si seulement elle pouvait s'enfoncer dans ce mur... et disparaître. Cela ne ferait pas de différence. Elle n'existait pour personne. Quand quelqu'un, par extraordinaire, se souvenait d'elle, c'était généralement pour la traiter de pisseuse ou pour lui poser un problème de maths. Il n'y avait que Camilia pour s'intéresser à elle.

Camilia. C'était l'amour de sa vie. Elle la trouvait si belle avec ses cheveux d'or et ses yeux clairs entre vert et bleu.

Il n'y avait qu'à elle qu'elle pouvait se confier. À l'école, on l'avait cataloguée comme « enfant à problèmes ». Celle qui fait des cauchemars et qui pisse au lit.

Mais les Ombres, elle ne les avait pas inventées. Elles étaient bien là. Dès que la nuit venait, dans les coins sombres, les salles abandonnées, le jardin, les Ombres la suivaient, prêtes à s'emparer d'elle.

Sa mère l'avait inscrite à la pension pour se débarrasser d'elle. C'était au début de l'année que les Ombres lui étaient apparues, une nuit où, perdue, elle cherchait son dortoir. Elle s'apprêtait à monter l'escalier lorsqu'une lampe était tombée derrière elle. L'étage était toujours allumé. La lampe s'était brisée, la laissant dans l'obscurité. Elle avait d'abord cru à une plaisanterie mais, en scrutant le noir, elle ne vit que l'Ombre. Une Ombre qui bougeait, longeait le mur, allait lui sauter dessus! Morgane avait bondi dans l'escalier, la gorge nouée, les jambes flageolantes.

Et depuis cette nuit-là, et toutes les nuits, les Ombres revenaient.

*
* *

Quatre des garçons du dortoir jouaient aux cartes sous la couverture d'un des lits. Ils s'éclairaient avec deux lampes de poche puisque l'extinction des lumières était fixée à neuf heures et demie et qu'il était dix heures.

– Si vous continuez, on va encore être tous punis, protesta Jules Laclos, dit « l'empoté ».

Armand, le chéri de ses dames, éteignit sa lampe puis se ravisa et alluma à nouveau. Il venait de repérer un lit vide.

– Où est-ce qu'il est passé ?

– Il est peut-être aux chiottes, supposa Yves.

Le petit Clément bondit hors du lit.

– Tu parles ! Gall est allé se promener ! Je vais le chercher !

– Attends, attends! s'écria Armand. J'ai une idée. On va lui flanquer la trouille!

– Il est fou de se balader la nuit, dit Yves. Il va se faire choper.

Armand passa un pull par-dessus son pyjama.

– Allez, viens, Clément! Ce sont tous des froussards dans cette piaule.

Les deux garçons sortirent dans le couloir glacé. Armand frissonna malgré lui. Clément éteignit sa torche. Autant l'épargner au maximum, si jamais celle d'Armand claquait. D'ailleurs, il ne la trouvait pas très lumineuse.

– De quel côté? souffla-t-il.

Armand hésita. Gall était-il parti vers le réfectoire ou vers les salles de cours?

– Peut-être qu'il avait faim, supposa-t-il. La cuisine?

– On peut essayer... Mais il faut faire gaffe, on passe devant la chambre de la dirlo.

Ils se faufilèrent, l'un près de l'autre, pas plus rassurés que ça. Ils descendirent un étage.

Armand avait la main sur la rampe lorsque sa lampe clignota.

– Merde !

Clément chercha l'interrupteur sur la sienne. L'ampoule rougeoya, minable.

– On est mal barrés, dit Clément. On ferait mieux de rentrer.

– Pas déjà. Les autres vont se foutre de nous.

Soudain, quelque chose de glacial toucha son bras. Il poussa un hurlement, étouffé aussitôt par une main sur sa bouche.

– T'es dingue ! dit une voix. On va se faire prendre !

Armand écarta la main de sa bouche.

– Mais c'est toi qui es dingue ! Arriver comme ça, sans prévenir !

Clément fut pris d'un fou rire nerveux.

– Gall ! Ça, c'est la meilleure ! hoqueta-t-il. On voulait te faire peur et c'est toi qui nous as eus !

Une lumière s'alluma au rez-de-chaussée.

– Qu'est-ce que c'est? tonna la directrice.

– Vite, vite! murmura Gall. Remontons!

– Je vous vois très bien! cria la directrice.

– C'est du pipeau, dit Gall, une fois sur le palier. Elle ne sait pas que c'est nous.

Ils regagnèrent le dortoir, excités et plutôt fiers d'eux.

– On l'a échappé belle! rigola Clément.

– Qu'est-ce qui se passe? demanda Yves.

– On a failli tomber nez à nez avec la dirlo, expliqua Armand.

– On va encore avoir des ennuis par votre faute, râla Jules.

Les trois filous se mirent à ricaner, à l'abri sous leurs couvertures.

*
*   *

Gall jeta un œil au mur de la cour.

– C'est dommage qu'on ne puisse pas jouer avec les filles, remarqua-t-il

Clément ouvrit la bouche et la referma, stupéfait.

– Ben quoi, reprit Gall, on est au vingtième siècle. Je comprends qu'ils séparent les dortoirs mais la cour de récré, franchement...

– T'as qu'à mettre ta suggestion dans la boîte à idées.

– C'est déjà fait, répondit Gall.

Clément souffla dans ses mains gelées.

– Il fait froid pour un mois d'octobre, non ? Dis, Gall, quand tu vas te promener la nuit, tu vas voir les filles ?

– T'es fou ! Il faudrait que je passe devant le gardien. Et son chien, il me boufferait !

– Je sais, dit Clément. J'y ai réfléchi et je crois bien qu'il y a un moyen... Et si on faisait un club secret ? On se réunirait la nuit...

– Avec qui ?

– Ben... Yves et Armand, peut-être ?

– Yves est un trouillard et Armand ne pourra pas s'empêcher de se vanter.

– Ah… T'as raison. Mais deux, c'est pas beaucoup pour faire un club..

– C'était quoi ton idée pour éviter le chien ?

– Les toits !

– T'es dingue ! C'est vachement dangereux ! Mais attends, attends… Si les toits communiquent…

Gall leva les yeux et regarda les bâtiments.

– Peut-être que les greniers aussi… continua-t-il.

– Oh, génial ! Il faudrait explorer. Avec une pile neuve dans ma torche, de préférence. On essaie ce soir ?

– Non, dit Gall fermement. La dirlo est aux aguets.

Le surveillant siffla la fin de la récré. Gall partit vers le bâtiment en longeant le mur. De l'autre côté, les filles… Et s'ils en choisissaient quelques-unes pour leur club secret ? Pas sûr que Clément soit d'accord. Pourtant, Gall ferait volontiers confiance à une fille comme Camilia.

Mais le problème, avec elle, c'était qu'elle était toujours à la colle avec les deux autres. Valentine était plutôt rigolote et Catherine suffisamment discrète. Après tout, elles feraient peut-être l'affaire. Et cinq était un chiffre plus respectable que deux pour créer un club. Le club des cinq ! Gall ricana en entrant dans la salle, se demandant si Valentine accepterait le rôle du chien Dagobert.

*
* *

M. Sam. Tous les élèves l'aimaient. Surtout les filles, il faut dire. Alors que tous les profs de l'établissement tournaient autour des cinquante ans, M. Sam était jeune. Il était vraiment anglais, avec ce rien de décontracté que lui donnait son corps longiligne.

Gall le salua d'un «*good morning, Mister Sam*» et alla s'asseoir. Il trouva sa place, deux tables derrière Camilia.

Est-ce qu'il aurait le cran de lui parler? Il se releva, alla jusqu'à elle et, se penchant, souffla près de ses cheveux dorés:

– Il faut qu'on se voie, après le cours...

Camilia leva les yeux vers lui, surprise. Mais elle n'eut pas le temps de dire quoi que ce soit.

Calée au fond, près du radiateur, Domino se gratta la gorge, signe chez elle d'une intense réflexion. Il faudrait qu'elle garde un œil sur le manège de ces deux-là... Domino était une jalouse et une méchante. Pourquoi toujours ce désir de faire du mal? Elle n'en savait rien. Mais c'était facile. Facile de traiter Catherine de débile mentale ou de harceler la pisseuse. Elle trouvait les mots qui brisent, les moqueries qui torturent. Mais son ennemie, c'était Camilia.

Impossible de l'atteindre. Et puis, elle était si jolie que c'en était insultant. Il y avait aussi Valentine, qui rigolait de tout, même de se faire appeler la girafe, et qui était parfaitement capable de vous flanquer une baffe en riant tout autant. Domino tira la manche de Kiki.

– T'as vu ça ? Gall qui est allé causer à Camilia ?

– Et alors ?

– Ça cache quelque chose.

Mais quoi ? se demanda Kiki. Elle haussa les épaules.

Domino était peut-être sa copine, mais il y avait des fois où même elle en avait peur.

2
Quelque chose

Devant la fenêtre, Camilia regardait les feuilles tourbillonner. «Un temps de cataclysme», pensa-t-elle. Gall lui avait glissé quelques mots en sortant du cours de M. Sam. «Rendez-vous dans la salle d'études à six heures.» Valentine s'était aussitôt précipitée sur elle pour lui demander: «Qu'est-ce qu'il a dit? Qu'est-ce qu'il a dit?»

Camilia aperçut la silhouette de Morgane à l'autre bout du couloir. Elle eut un mouvement d'agacement puis se reprit.

Morgane s'arrêta à quelques pas, silencieuse. Camilia se retourna et s'efforça de lui sourire.

– Il fait sombre, dit Morgane.

– Il n'est que cinq heures et demie.

– Ça ne va pas, murmura Morgane, bizarrement.

– Quoi? Tu es malade?

– Non. Dehors. Ça ne va pas.

– C'est drôle… C'est un peu ce que je pensais tout à l'heure…

– Il va se passer quelque chose.

– Je crois qu'il va pleuvoir. Ou peut-être une tempête.

– C'est pire que ça, répondit Morgane. J'ai vu… J'ai vu une Ombre. Ce n'est pas normal, la nuit n'est pas encore là. Je suis sûre qu'il va se passer quelque chose… Camilia, j'ai peur.

Blême, Morgane ressemblait à un bébé phoque que l'on va exécuter d'un coup de masse.

– Reste avec moi, proposa Camilia.

Les autres élèves de sa classe arrivaient à présent.

L'étude serait bientôt ouverte. Mlle Dautun, la prof de français, surgit, le chignon de travers et la bouche pincée.

Camilia poussa Morgane. Peut-être que Mlle Dautun ne la remarquerait pas. Mais dès qu'elles franchirent la porte, elle les arrêta.

– Vous là... Dans votre étude.

Camilia décida de tenter un coup de bluff.

– Je l'aide à faire ses maths, mademoiselle. Elle peut venir, s'il vous plaît?

Mlle Dautun marqua une hésitation. Ç'aurait été une autre fille, elle aurait peut-être accepté. Mais elle regarda Morgane avec dégoût. Elle, pas question.

– Ici, c'est l'étude des quatrième et des troisième, un point c'est tout.

Morgane baissa la tête. Puis elle s'éloigna, sans un mot.

Dans le couloir, elle croisa Domino et Kiki.

– Et alors, t'as fait dans ta culotte? lança Domino au passage.

Kiki se mit à rire et susurra :

- Eh, la pisssssseuse... »

– Dépêchons, Mesdemoiselles ! appela Mlle Dautun.

Camilia était sûre qu'elle avait entendu, tout comme elle.

Mais Mlle Dautun ne fit aucune remontrance aux deux grandes.

À croire que cela l'amusait, elle aussi.

Camilia s'assit à une table vide. Presque aussitôt, Gall s'appropria la chaise voisine. Camilia prit ses cahiers et ses livres, exactement comme s'il n'était pas là. Gall agit de même. Tout le monde savait que Mlle Dautun ne tolérait aucun bavardage. Gall écrivait avec acharnement. Camilia lisait distraitement son livre d'histoire. Elle ne pouvait s'empêcher de penser à Morgane. Un léger coup de coude la tira de sa mélancolie. Gall poussa une feuille de papier devant elle et se plongea dans un bouquin. Camilia prit la feuille calmement et la cala entre les pages de son manuel.

Elle lut :

Ultraconfidentiel. Camilia, je vais créer un club secret avec le petit Clément et je voudrais que tu en fasses partie. Nos réunions se tiendront de nuit. On va essayer de trouver un passage par les greniers. Valentine et Catherine peuvent venir aussi. Pour moi, c'est O.K. Mais il faut jurer le silence absolu même sous la torture. Si t'es d'accord, tousse deux fois.

Gall

Camilia sourit. C'était vraiment un langage de garçon, ça... Un club secret. Camilia toussa deux fois. Gall en fit autant pour lui montrer qu'il avait reçu le message. Camilia prit son cahier de brouillon et écrivit : *Tout ça, c'est bien gentil, mais comment veux-tu qu'on se retrouve la nuit ?* Gall lisait par-dessus son épaule. Il répondit sur la même page : *Il faut qu'on explore, le petit Clément et moi. Suite au prochain numéro.* Puis ils se mirent tous deux à leurs devoirs. Camilia surprit le regard de Valentine et lui adressa un geste amical.

*
* *

Morgane n'avait jamais atteint son étude. Elle gisait, livide, sous la fenêtre centrale du réfectoire. La femme de ménage finissait d'épousseter les meubles de l'entrée lorsqu'elle avait entendu le bruit de sa chute. Étonnée, elle était entrée dans le réfectoire et l'avait trouvée.

– Mon Dieu ! Mon Dieu ! Madame Guérin ! Madame Guérin !

Mme Guérin, la directrice, était du genre énergique. Elle ne s'affolait pas facilement. Mais la vision du corps inanimé la saisit à la gorge. Sur le moment, elle crut que Morgane était morte. Puis elle remarqua le léger mouvement de sa poitrine.

– Allez chercher l'infirmière, ordonna-t-elle en s'agenouillant près de Morgane.

Elle tapota les joues exsangues en parlant doucement. Mais Morgane ne semblait pas vouloir revenir à elle. Elle l'examina prudemment, ne vit pas de blessure. La vieille infirmière (trente ans de métier dans les écoles publiques) apparut en traînant les pieds. Elle se pencha vaguement et haussa les épaules.

Bon elle est dans les pommes. Ça va passer.

Mme Guérin lui jeta un regard noir.

– C'est tout ce que vous trouvez à dire ? Je le sais, qu'elle est évanouie ! Ce que j'aimerais, c'est savoir pourquoi !

– Eh bien, vous lui demanderez quand elle se réveillera.

Morgane poussa un soupir et gémit en portant la main à sa tête.

– Allons, ma petite... dit Mme Guérin. Asseyez-vous, là, tout doux...

Elle aida Morgane à se redresser. L'enfant écarquilla les yeux, se frottant toujours la tête.

– Que faisiez-vous dans le réfectoire ? Vous vous êtes cognée ?

Un soupçon de couleur revint sur le visage de Morgane.

Elle regarda Mme Guérin comme si elle ne comprenait pas.

– Vous êtes sous le choc, ma petite. Remettez-vous.

Morgane eut un bref mouvement de recul.

– Allumez la lumière ! cria-t-elle.

– Calmez-vous, voyons !

– Allumez ! La lumière, s'il vous plaît, la lumière…

Mme Guérin fit un signe à Maria, qui était près des interrupteurs. Le réfectoire s'illumina.

– Voilà, dit la directrice. Ça va mieux comme ça ? Auriez-vous des problèmes avec vos yeux ?

– Non… souffla Morgane, soulagée.

– Mais que diable faites-vous ici ? Vous devriez être à l'étude !

– Je… je ne me souviens pas…

Mais Morgane se souvenait très bien. Seulement, elle ne pouvait pas lui expliquer.

*
* *

Morgane se reposait dans son dortoir, toutes les lampes allumées. Maria l'avait accompagnée et balayait vaguement pour s'occuper. Bientôt, les filles reviendraient de l'étude et Morgane pourrait enfin se délivrer en parlant à Camilia.

Elle reconnut d'abord le rire sonore de Valentine. Puis celle-ci poussa la porte, hilare, suivie de ses deux copines.

– Tiens, Maria ? Vous trouvez qu'on ne nettoie pas assez bien notre dortoir ?

– Ça pourrait être mieux... répondit Maria, en souriant. Bon, maintenant que vous êtes là, je peux vous confier la petite...

Valentine tourna la tête vers Morgane.

– Qu'est-ce qu'elle a ?

– Elle s'est évanouie.

Camilia s'assit sur le bord du lit de Morgane et l'observa avec quelque inquiétude.

– Tu te sens mal ?

Morgane attendit le départ de Maria pour répondre.

– Non… souffla Morgane. Mais tu sais… Elles m'ont rattrapée…

Camilia sursauta. Jusqu'à présent, elle n'avait guère pris au sérieux les histoires de Morgane. Oh! bien sûr, elle savait que la petite était perturbée, mais elle croyait que tout cela sortait de son imagination.

– Tu veux en parler?

– Pas ici…

Catherine, par gentillesse, apporta un verre d'eau. Elle resta, gauche, près du lit tandis que Valentine tapotait l'oreiller.

– Tu peux leur faire confiance aussi, dit Camilia.

Le regard de Morgane s'assombrit. Elle ne voulait pas des deux autres. Elle voulait Camilia pour elle toute seule.

– Un secret? demanda Valentine, pleine d'espoir.

– Elles vont se moquer… répondit Morgane.

– Nous? protesta Valentine. Jamais!

Morgane comprit qu'elle ne pourrait pas se débarrasser des amies de Camilia. Après tout, peut-être qu'elles l'accepteraient dans leur groupe... Elle en rêvait depuis longtemps. Elle se leva, les jambes un peu molles. Valentine passa son bras sous le sien, d'un geste naturel. Elles sortirent sans que les autres pensionnaires y prêtent vraiment attention. Morgane examina les deux extrémités du couloir. C'était surtout du côté de l'escalier qu'il fallait se méfier.

– Alors ? s'impatienta Valentine.

Morgane hésita. Comment pourrait-elle leur raconter ? Elle se tourna vers Camilia pour chercher son aide.

– Morgane pense qu'il se passe des choses bizarres, commença Camilia. Des quoi déjà ? des ombres menaçantes.

– Des fantômes ? murmura Catherine, à qui cela ne plaisait pas trop.

– Oh ! chouette ! s'exclama Valentine.

– Ce n'est pas chouette, dit Morgane. C'est horrible. Elles ont failli m'avoir.

Ce fut le moment que choisit le vent pour frapper violemment aux carreaux des fenêtres. Catherine poussa un faible gémissement et se serra contre Valentine.

– Sois pas stupide ! dit Valentine. C'est la tempête, rien d'autre !

– Mais ce n'est pas une tempête normale, répondit Morgane. C'est à cause d'elle que les Ombres sont sorties de la nuit. Jamais, auparavant, elles ne s'étaient aventurées aussi tôt dans la soirée. Je vous le dis, moi, il y a quelque chose, ce soir... Quelque chose qui se prépare. Et j'ai peur.

– Mais qu'est-ce qui t'est arrivé, pour de vrai ? demanda Valentine.

Morgane se mordilla les lèvres, essayant de rassembler ses souvenirs.

– J'allais vers mon étude... Il n'y avait plus personne dans le couloir... En arrivant à l'escalier, j'allais monter mais il y avait une ampoule éteinte... Je ne sais pas si vous avez remarqué, il y a de plus en plus d'ampoules grillées dans les allées. Je suis sûre que ce n'est pas par hasard. En levant la tête, j'ai vu que cela bougeait. Je les connais maintenant, j'ai su tout de suite que c'étaient les Ombres. Je n'avais pas le choix. Au lieu de monter, je suis descendue. J'ai voulu me cacher dans le réfectoire. Mais elles m'ont suivie, évidemment. Il faisait si noir, si noir là-dedans...

Morgane frissonna. Elle mit une bonne minute avant de pouvoir reprendre son récit.

– Je n'arrivais pas à trouver ces satanés interrupteurs. Une ombre m'a prise à la gorge. C'était froid et humide comme une main de glace et de brouillard. J'ai voulu crier, j'ai pas pu. Je suppose que je me suis évanouie... Quand je me suis réveillée, la directrice était là.

Morgane observa anxieusement ses trois camarades.

Allaient-elles rire ? Mais non. Elles étaient toutes sérieuses et attentives.

– Eh ben, merde, dit finalement Valentine.

Elles l'avaient crue. Morgane n'en revenait pas. Catherine scrutait les recoins en essayant de ne pas en avoir l'air.

Camilia fronçait les sourcils. Elle pensait aux garçons. Gall et le petit Clément, qui avaient prévu d'explorer les greniers, cette nuit. Et si vraiment les Ombres rôdaient ?

3
Sous les toits

Gall ne savait pas trop comment annoncer à Clément qu'il avait mis Camilia dans la confidence. Clément sautait sur son lit, impatient. Il tripotait sa lampe de poche. Comme si la pile allait retrouver sa vigueur à force de claques ! Gall sourit malgré lui. Heureusement qu'ils ne dépendaient pas de cette lampe moribonde. Gall avait tout ce qu'il fallait.

D'ailleurs, il n'en avait pas besoin. Quand il partait ainsi, la nuit, il ne s'en servait pas. Cela faisait partie de son jeu personnel, de se promener à la lumière incertaine de la lune. Et puis, il y avait les veilleuses du couloir. Mais, depuis quelque temps, la plupart étaient hors service. Curieux, à la réflexion. Il était pourtant sûr d'avoir vu le concierge remplacer les ampoules…

Clément vint le rejoindre.

– Arrête de regarder ta montre, dit Gall. On va finir par te remarquer.

– Je ne peux pas m'en empêcher, soupira Clément.

– De toute façon, il va falloir attendre. Faire semblant de dormir.

– Attendre ? Combien de temps ?

– Ça dépend des autres. Il faut qu'ils dorment tous.

– Ah zut… Je crois qu'Armand se doute de quelque chose.

Le bel Armand, vaguement occupé par son livre de jeux de rôle, jetait de fréquents coups d'œil dans leur direction.

– T'inquiète. Quand le marchand de sable passe, Armand sombre dans l'inconscience ! C'en est même étonnant.

– Comment tu le sais ?

– J'ai l'habitude de vous observer.

– Ah bon ? Et moi ?

– Toi ? Tu n'es vraiment endormi que quand tu t'agites dans tous les sens. Si tu ne bouges pas, c'est que tu ne dors pas !

Clément rigola. Il s'exerçait à rester immobile dans son lit. Il avait lu quelque part qu'il fallait relaxer tous ses muscles et faire le vide dans son esprit pour s'endormir rapidement. Ça marchait plutôt bien. Mais, dès qu'il avait réussi, son corps reprenait ses petites manies et gigotait.

– Et Jules ? Je parie qu'il ronfle !

– Non, c'est le gros François qui ronfle. Jules, il gémit.

– Il doit baver, aussi.

La sonnerie retentit, signalant l'extinction des feux. Les garçons protestaient toujours à ce moment-là. Clément regagna sa place et bâilla exagérément. Armand l'observait toujours.

Puis il parut renoncer et se retourna sous ses couvertures.

Clément n'était pas dupe. Il était certain qu'Armand allait lutter contre le sommeil le plus longtemps possible. À lui de lui faire croire qu'il dormait vraiment. Il fixa son attention sur son gros orteil droit. On ne bouge plus. Il essaya de contrôler le tremblement de sa main. Oh ! ce soir, ça n'allait pas être facile de rester immobile. Quelle heure pouvait-il bien être ? Cinq minutes de plus, imbécile. Et puis, à force de jouer à la momie, Clément commença à s'endormir pour de bon.

– Hello !

Gall secoua Clément prudemment. Ce dernier eut un geste brusque mais se retint de crier.

– Tu dormais ? souffla Gall.

– Pas du tout. Enfin, pas tout à fait...

Il ramassa son pull et s'empara de ses baskets. Il ne les enfilerait qu'une fois sorti du dortoir. Gall ouvrit doucement la porte et se glissa dehors.

– C'est bon…

Ils mirent leurs chaussures à la lueur de la veilleuse.

Gall remarqua que celle de l'escalier était éteinte. Il avait pris sa lampe car, là-haut, dans les greniers, ils allaient sûrement en avoir besoin. Clément contrôlait à peine son excitation.

– Tu connais le chemin ? demanda-t-il.

– Pas vraiment. Il faut monter, ça c'est sûr !

Aux abords de l'escalier, Gall alluma la torche. À l'étage supérieur, il y avait les chambres des professeurs et la bibliothèque. Les marches n'allaient pas plus loin.

– Eh ben ? dit Clément. Y a p'us rien !

– Attends… Je crois que l'escalier vers le grenier est à l'autre bout. Je l'ai vu une fois. C'est un tout petit passage.

Ils longèrent le couloir silencieusement. Il y avait un rai de lumière sous la porte de M. Sam. Il se couchait tard, celui-là ! pensa Clément avec envie. Gall avait raison.

L'escalier était un raidillon, coincé entre deux murs écaillés. On pouvait presque passer devant sans le voir. Les lattes grinçaient affreusement. Clément s'arrêta et regarda Gall.

– Ça fait un bruit monstrueux.

– C'est pas grave. À côté, c'est la biblio. Il n'y a personne pour nous entendre. De toute façon, avec ce putain de vent, on est couverts !

Clément écouta. La pluie frappait les carreaux avec violence. Quant au vent… il faisait gémir toutes les portes et tous les volets. *Clac, clac.* Il devait y avoir un battant détaché quelque part. Pas de souci à se faire. Clément continua son ascension. Il se heurta bientôt à une porte. Il essaya la poignée, en vain.

– Fermé. Qu'est-ce qu'on fait, maintenant ?

Gall promena le rayon de sa lampe tout autour.

– De deux choses l'une, répondit-il. Ou bien la clé est chez le concierge, ou elle est ici.

– À mon avis, le concierge... Comme il ne doit jamais venir personne...

Gall perçut la déception dans la voix de son ami. Il se pencha pour examiner la serrure.

– Ça doit être une clé toute bête, dit-il. Si ça se trouve, on peut trafiquer la serrure nous-mêmes.

– Dommage qu'il n'y ait pas de fille avec nous. C'est une épingle à cheveux qu'il nous faudrait!

– Heu, à ce propos...

Puis Gall déclara tout de go qu'il avait parlé du club à Camilia et qu'elle et ses deux copines en faisaient désormais partie. Clément resta silencieux une seconde et haussa les épaules.

– Bon, bah, je ne peux plus rien y faire, à présent, conclut-il.

Gall respira de nouveau, soulagé. Il se concentra sur le problème de la serrure. Il n'était pas né pour être cambrioleur mais il était débrouillard. Pris d'une soudaine inspiration, il s'appuya sur la clenche de toutes ses forces.

La poignée fit un *clonc* curieux à son point le plus bas. Gall haussa un sourcil et ricana.

– Coincée ! Elle était juste coincée !

Il poussa avec son épaule et la porte s'ouvrit d'un tiers. Impossible d'aller plus loin.

– Le bois a dû gonfler, supposa Gall. Il faudrait un bon coup de rabot.

– C'est pas grave, on peut se faufiler.

Clément pénétra le premier. Cette fois, la lampe de Gall allait être vraiment utile. Le noir était total.

– Il n'y a pas de lucarne, dit Clément mi-interrogatif mi-affirmatif.

Gall entra à son tour et referma derrière lui. Il chercha un interrupteur, en trouva un. Rien. Encore une ampoule claquée.

– Il y a un sacré paquet de trucs, ici, remarqua Clément.

– Surtout des vieux bouquins.

Gall se pencha sur une pile précaire de livres poussiéreux.

– C'est marrant. Ce sont des manuels. Regarde, ils sont au moins d'avant-guerre !

– Laquelle ? demanda Clément. Sûrement celle de cent ans !

– Ils doivent dater du temps où il y avait deux écoles. Cette baraque a toujours servi à ça... Et là, les cartes ! Oh ! c'est super ! Tu sais que c'est des machins qui se vendent à prix d'or aux puces !

Clément éclaira la carte de l'Europe de 1945, puis une planche anatomique.

– Ça ? Ça vaut quelque chose ? Dans l'état où c'est, ça m'étonnerait. Le papier est bouffé par l'humidité.

– Je suis sûr qu'on va trouver des trésors dans ce fouillis.

– Peut-être bien... On verra plus tard. Pour le moment, il faut qu'on cherche la porte d'accès au bâtiment des filles. Si elle existe...

Ils avancèrent prudemment. Il ne fallait pas oublier qu'ils marchaient au-dessus des chambres des professeurs. Le grenier était envahi de vieux meubles scolaires. Les armoires, les bancs solidaires des bureaux, rangés n'importe comment. Il y avait encore les encriers. Le grenier était semblable à un puits sans fond. On aurait pu croire qu'il ne finissait jamais. Et, brusquement, Gall se heurta au mur. Il se retourna, dubitatif.

– Vu la distance parcourue, on est au-dessus des filles. Ce n'est pas possible autrement.

– Mais il n'y a pas de porte, constata Clément.

Gall promena le rai de lumière tout autour d'eux.

– Pourtant… commença-t-il. Attends ! C'est ça ! Là, tu vois ?

Clément comprit tout de suite. Des chaises cassées étaient empilées devant la porte. Ils entreprirent de les déplacer.

– À ton avis, qu'y a-t-il à l'étage inférieur ? demanda Clément.

– Je l'ignore. Probablement des dortoirs. Il faudra s'informer.

La porte des filles était verrouillée. Mais elle l'était de l'intérieur, la clé toujours dans la serrure.

– Et voilà, dit Gall, satisfait. On a réussi.

– On y va?

– Non. Rentrons nous coucher, maintenant. C'est plus prudent.

Prudent était le genre de mots que Clément détestait. Mais il était fatigué, aussi ne protesta-t-il pas. Gall imaginait déjà les futures réunions du club sous les combles. Il faudrait rester au-dessus de la bibliothèque. Ils pourraient s'aménager un coin avec les bureaux. Et puis, il faudrait des lanternes et puis... Il leva les yeux et vit qu'il y avait bien des lucarnes dans le toit. Seulement, elles étaient obturées par des volets extérieurs. En montant sur un meuble, il pourrait les atteindre et les ouvrir. «On verra ça demain», pensa-t-il.

*
* *

Le premier cours était celui de Mlle Dautun. En entrant dans la classe, Camilia lui jeta un regard noir. Elle formula même un souhait à son encontre, ce qui n'était vraiment pas son genre. Mais c'était sa faute si Morgane avait failli finir étranglée par une Ombre. En tout cas, c'était comme ça qu'elle voyait les choses. Peut-être que toutes ces histoires sortaient de l'imagination d'une petite fille. Ce n'était pas là l'important. Elle y croyait et aurait pu mourir de frayeur. Camilia aperçut Gall et Clément, apparemment en pleine santé, malgré les bâillements qu'ils ne maîtrisaient pas. Gall lui fit un clin d'œil puis désigna du doigt la fenêtre. Camilia tourna la tête. La pluie cinglait les carreaux. Sur le moment, Camilia ne comprit pas ce que voulait dire Gall. Ce n'est qu'en planchant sur le poème de Verlaine *Le ciel est par-dessus le toit, si bleu, si calme !* qu'elle sut. Elle étouffa un rire. Bien sûr!

Avec la tempête, pas question de récréation dans la cour. Pour parler avec Gall, il lui suffirait de monter à la bibliothèque.

– Puisque vous avez l'air de trouver ce poème si amusant, Camilia, dit Mlle Dautun, vous pourriez nous l'expliquer ?

Camilia sursauta et fut prise d'une fantaisie.

– Si je souriais, Mademoiselle, c'est parce qu'à la fin Verlaine nous demande ce qu'on a fait de notre jeunesse. Le problème, c'est que je ne le sais pas encore !

Ses camarades de classe se mirent à ricaner, pas trop fort, car Mlle Dautun n'appréciait pas le désordre.

– Vous voilà bien impertinente, répondit Mlle Dautun, la bouche pincée. Vous ne nous aviez pas habitués à ça.

Camilia rougit. Elle n'avait pas l'habitude non plus. Mais sa repartie lui gagna le cœur du petit Clément.

Enfin arriva le moment de la récré. Camilia

se précipita vers la bibliothèque, suivie d'une Valentine surexcitée et d'une Catherine anxieuse.

– Prenons des bouquins au hasard, dit Camilia. Valentine, va squatter la table près du radiateur. On y sera plus isolés.

Valentine bondit sur la première chaise, étalant ses affaires sur toutes les autres. Domino se présenta devant elle avec Kiki.

– C'est notre place, ça, dit-elle.

– J'ai pas vu ton nom écrit dessus, répliqua Valentine.

– Dégage ! Le radiateur, c'est toujours à moi !

– Va falloir te faire une raison ! Assieds-toi, Catherine.

Catherine se posa sur un coin de siège, comme prête à détaler dès que nécessaire. Domino frémit lorsque Camilia la frôla pour s'installer à son tour.

– Vous vous prenez pour qui, les lèche-culs ? grinça Domino. Tirez-vous ou vous allez le regretter !

– Et tu vas faire quoi ? demanda Valentine en se levant. Me péter la gueule ? Essaie ! Ça pourrait être rigolo !

– Laisse tomber, dit Kiki.

– Je t'ai rien demandé ! cria Domino. Qu'est-ce que tu regardes, toi ?

Domino s'était adressée à Clément qui venait juste d'arriver.

– Pas toi, t'es trop moche, répondit-il. Hé, Gall, il y a deux places, là !

– C'est à nous ! hurla Domino, étouffant de rage.

Gall s'assit tranquillement.

– Dans ce cas, il fallait les prendre, dit-il.

Clément s'appropria la dernière chaise, un sourire jusqu'aux oreilles. Kiki renonça et Domino ne partit qu'après avoir décoché un coup de pied à Catherine.

– Refais ça, menaça Valentine, et je te laisserai un souvenir du côté de ta rotule !

– Quelle plaie, celle-là ! commenta Clément.

– Alors? demanda Valentine.

– Alors quoi?

– Vous avez exploré, hier? précisa-t-elle en baissant d'un ton.

– Évidemment, dit Clément, d'un air suffisant.

Ils racontèrent leur expédition, agrémentant leur récit de quelques exploits imaginaires. Valentine ponctuait en répétant «des blagues, hé, c'est pas vrai!» d'une voix sourde.

– Qu'y a-t-il au-dessous de votre grenier? demanda Gall.

– Les études, bien sûr, répondit Camilia.

– Mais oui! C'est bête, j'avais complètement oublié! C'est parfait. Il n'y aura personne pour nous entendre de ce côté-là!

– On se donne rendez-vous cette nuit? dit Valentine.

– Yes, M'dam. Vous avez des torches?

– Qu'est-ce que tu crois? répliqua Valentine, vexée. Nous aussi, on lit sous les couvertures!

– Moi, c'est plutôt le poker, dit Clément.

– Mais ce n'est pas très prudent, lâcha brusquement Catherine.

– Prudent ! grimaça Clément. V'là autre chose ! T'as peur de te faire coincer par la dirlo, ma pauvre cocotte ?

– Ce n'est pas ça ! C'est à cause... des... vous savez bien, les filles.

Gall regarda Camilia puis Valentine. À leurs expressions, elles devaient effectivement savoir.

– Quoi ? demanda-t-il. Il faut tout nous dire !

– Oui, tout, renchérit Clément.

– Les Ombres, dit Camilia.

4
Une petite poupée russe

Gall attendait devant la porte de son étude que Clément revienne des toilettes. Le concierge était juché sur son échelle et vissait une ampoule neuve.

– C'est insensé, bougonnait-il. Tous les jours, tous les jours…

Clément surgit au pas de course, en finissant de se rhabiller.

– Vous avez un ennui, monsieur? demanda Gall.

– Hein? Qu'est-ce que tu…? Un ennui! Dites donc, les gosses, c'est pas vous qui vous amusez à casser les ampoules, par hasard?

– Oh non, monsieur ! protesta Clément. Pourquoi on ferait ça ? C'est idiot !

Le concierge redescendit de son échelle et partit en maugréant des « insensé, c'est insensé... »

– Tu vois, dit Gall. Il y a vraiment un truc bizarre...

– Oh ! quand même ! Tu ne crois pas à leurs histoires à la noix !

– Je dis pas ça... Seulement que c'est bizarre, ces ampoules claquées...

– Écoute, le concierge a probablement raison. Il y a un gamin qui fait le malin avec les lampes du couloir. Ou alors, c'est à cause des hausses de tension. Ça arrive.

– Dans ce cas-là, tu peux m'expliquer pourquoi les ampoules ne lâchent pas dans les dortoirs ou les salles de cours ?

– Bon ben, c'est bien ce que je dis, c'est un petit malin. Tu comprends, dans le couloir, pas vu pas pris !

– Je ne sais pas... murmura Gall.

– C'est du pipeau, les Ombres, les fantômes... Voyons, si c'était vrai, on les aurait rencontrés nous aussi !

– Justement, commença Gall.

Clément regarda son ami. Gall avait l'air très sérieux.

– Mais on n'a rien vu !

– Pas hier, non. Mais d'autres fois... Quand j'étais tout seul. Je ne suis pas sûr à cent pour cent. Une impression, pas grand-chose de précis. Un malaise. Et pourtant, je te jure que je ne suis pas du genre trouillard !

Il ne serait jamais venu à l'idée de Clément que Gall puisse être un trouillard. Un type qui va se promener la nuit sans lampe !

– Bon, admettons qu'il y ait un mystère... Tant mieux ! Ça va mettre un peu de piquant... On va foutre les jetons aux filles !

Gall hocha la tête, désapprobateur.

– Pas question de s'amuser à ça, Clément. Ce sont d'honorables membres du club.

– Le club des Ombres, dit Clément. Vachement chouette, comme nom !

– M'étonnerait qu'elles apprécient...

– Ah ! non ! Elles ne vont pas nous emmerder, hein ?

– Bon, bon, ça va ! On mettra ça aux voix à notre première session. Il faudra qu'on nomme un président, un secrétaire général, un vice-président et un trésorier. Et, et... ça fait quatre et on est cinq... Il faut un cinquième titre. Deux vice-présidents, peut-être ?

– Pour quoi faire ? demanda soudain quelqu'un dans leur dos.

Clément poussa une exclamation de surprise. Gall se retourna, fâché contre lui-même d'avoir parlé aussi fort.

– De quoi tu te mêles ? dit Clément.

– Vous z'êtes pas sympas, les mecs, répondit Armand. Je croyais qu'on était copains et vous me laissez tomber.

– Oh ! mais ce n'est pas intéressant, dit Gall. Juste un jeu entre nous deux.

– Et pourquoi pas entre nous trois ? insista Armand.

– Parce que tu es plus bavard qu'une pie, rétorqua Clément. On ne peut pas te faire confiance.

Armand devint rouge de colère. Il se maîtrisa avec peine.

– Alors ça, c'est dégueulasse ! Est-ce que j'ai déjà vendu la mèche sur quoi que ce soit ? Hein, hein ? Quand on est sortis l'autre soir, est-ce que j'ai été raconter ça partout ?

– Tu en as parlé dans le dortoir, dit Clément.

– Et toi aussi ! De toute façon, les gars étaient au courant, ils nous ont vus revenir !

– C'est vrai, répondit Gall. Mais là, ce n'était pas très grave. Le problème avec toi, c'est qu'il faut que tu te vantes. C'est pathologique.

– Si c'est réellement important, je peux parfaitement me taire.

– On verra… On décidera… Il faut qu'on réfléchisse. Mais en attendant, tu la fermes!

– Je peux tenir ma langue! cria Armand, exaspéré.

– Alors, arrête de gueuler! répondit Clément. Tu veux que tout le monde t'entende?

– Très bien. Je suis aussi muet qu'une carpe.

Et Armand tourna sur ses talons, entra dans l'étude le plus dignement possible, vexé comme un pou.

– Qu'est-ce que t'en penses? demanda Clément.

– Ça ne m'enchante pas. Mais je vois pas comment on va s'en débarrasser maintenant… Il faut qu'on soit plus vigilants.

M. Sam leur fit signe de rejoindre l'étude. À cet instant, la veilleuse de l'escalier s'éteignit. Gall s'en aperçut et regarda. Il lui sembla que quelqu'un venait de monter. Mais qui pouvait être encore dans les couloirs, à cette heure-ci? Il n'avait vu qu'une ombre sur le mur…

*
* *

Morgane, dans la salle des sixième et des cinquième, dessinait sur son cahier le plan du bâtiment. Elle notait avec des croix les endroits où elle avait rencontré les Ombres. Rapidement, il devint évident que leur lieu de prédilection était les escaliers. Pourquoi ? C'était là une chose bien mystérieuse. En y réfléchissant, elle dut reconnaître qu'elle se trouvait rarement seule dans les salles ou les dortoirs, en tout cas pas la nuit. Et, du moins en une occasion, les Ombres l'avaient suivie dans le réfectoire et, une autre fois, dans l'entrée. On pouvait donc en déduire que les Ombres allaient partout où Morgane se retrouvait seule dans le noir. Elle mordilla son crayon en repensant à Camilia et à ses copines. Elle avait cru qu'elles l'accepteraient dans leur groupe mais elle s'était trompée.

Elles s'étaient appropriées son histoire et l'avaient laissée à l'écart. Elles n'avaient pas le droit ! Les Ombres, c'était à elle. Elles lui avaient volé son unique bien.

Une idée germa dans sa tête. Et si elle essayait d'amadouer les Ombres ? Après tout, ce n'était peut-être que des âmes en peine qui cherchaient un réconfort auprès des vivants. Elle pouvait comprendre leur tristesse. Elle savait ce que c'était que de se sentir abandonnée... Elle se souvint des Égyptiens. Quand un pharaon mourait, on l'enterrait avec de la nourriture et des cadeaux. On faisait des offrandes aux morts dans la Rome antique. Et si elle en faisait autant ?

Elle pourrait déposer du pain ou des biscuits dans une discrète encoignure près de l'escalier. Des fleurs, aussi. Il faudrait qu'elle écrive quelque chose que seules les Ombres pourraient déchiffrer. Un code, des signes, des espèces de hiéroglyphes. Quelle langue parlaient les Ombres ? Il faudrait qu'elle agisse juste avant la tombée de la nuit, à un moment où élèves et professeurs sont occupés dans les études. Elle gribouilla quelques figures. Pour se représenter elle-même, elle fit un coquelicot, une fleur qui meurt dès qu'on l'arrache à son champ de blé. Et puis une flèche pour montrer que c'était elle qui déposait les offrandes. Elle fouilla dans sa trousse et y trouva une plume de pigeon. Ça ferait l'affaire. Elle glissa la feuille et la plume dans la grande poche de sa jupe. Elle leva la main et demanda à aller aux toilettes.

Le couloir était sombre et désert. Elle frissonna. Il allait lui falloir beaucoup de courage pour se diriger vers l'escalier. Son étude était au dernier étage. Où cacher son message et son cadeau ? Dans le grand escalier, on allait les découvrir tout de suite. Elle regarda dans l'autre sens. Tout au fond, il y avait une espèce de renfoncement... Elle avança lentement, la main glissant sur le mur. Non, ce n'était pas un simple coin. Il y avait là un petit escalier étroit et biscornu. Elle supposa qu'il montait vers le grenier. Les lattes étaient disjointes par des années d'humidité. Elle s'accroupit, trouva le moyen de les écarter un peu plus et y glissa ses offrandes. Il y avait un courant d'air qui descendait le long des marches comme une respiration glacée.

Il ne fallait pas s'attarder. Elle ne douta pas une seconde que ce souffle ne fût celui d'une Ombre. Elle courut vers l'étude et y entra précipitamment. Longtemps, son cœur cogna fort dans sa poitrine. Mais elle avait réussi.

*
* *

La réunion du club se trouva remise au lendemain soir. En effet, un événement imprévu empêcha l'expédition. Le père du petit Clément vint le chercher pour la nuit, par autorisation spéciale : son arrière-grand-père était au plus mal et avait exprimé le souhait de le voir. Ce qui étonna toute sa famille. C'était bien la première fois que le « vieux » (le plus souvent appelé « le vieux salaud », tellement il était aimé !) s'intéressait à Clément. Ce dernier était partagé entre deux sentiments, la déception et la curiosité. Il fit jurer à Gall qu'ils ne se réuniraient pas sans lui. Mais qu'est-ce que pouvait lui vouloir le « vieux » ? Il fut facile de prévenir les filles, car ils étaient encore tous à l'étude quand le père de Clément se présenta. Catherine était contente de ce sursis inattendu. Valentine était désolée et Camilia ne savait pas trop... Mais ce n'était que reculer pour mieux sauter. Elles pourraient se préparer davantage, ce n'était pas une mauvaise chose.

Camilia retrouva Morgane dans le dortoir. Celle-ci avait plutôt meilleure mine que d'habitude. Elle était très absorbée par son travail, semblait-il. Camilia fut soulagée de ne pas devoir lui faire la conversation. Elle rejoignit Valentine et Catherine sur son lit. Elles avaient sorti le Scrabble, une manière discrète de se parler sans attirer l'attention.

– Quand même, dit Catherine, si on se faisait pincer ?

– Mais on risque rien, répondit Valentine. Et puis, t'as entendu les garçons, ils n'ont rien vu d'inquiétant.

– Quand même… On a besoin de dormir aussi…

– Il n'est pas question de se rencontrer toutes les nuits, affirma Camilia. Je ne tiens pas à bousiller mon année scolaire.

– Mais quand même…

– Oh ! Catherine, lâche-nous ! dit Valentine. Et joue !

– Que, quoi ? Fitule ? C'est un mot, ça ?

– Ben oui, je crois, bégaya Catherine.

– Tu confonds avec fistule, supposa Camilia.

– J'ai pas de s.

– Catherine vient d'inventer un nouveau jeu. Ça s'appelle « enlever une lettre à un mot et deviner ce que c'est » !

Valentine et Camilia partirent d'un fou rire.

Catherine haussa les épaules et mit «tuile» en maugréant que le f c'était quatre points, et sans le f ça ne valait vraiment pas le coup d'avoir un mot compte double et que, bon, ça pouvait arriver à tout le monde de se tromper.

– T'avais qu'à faire «flûte», répondit Valentine en posant ses lettres. Maintenant, c'est trop tard, j'ai joué!

Et Catherine bouda pendant toute la partie.

*
* *

Mlle Dautun enleva et remit une épingle dans son chignon.

– Je ne veux pas le savoir, laissa-t-elle tomber du bout de sa bouche pincée.

Morgane avait essayé, de sa voix hésitante, de lui expliquer qu'elle n'avait pu finir son devoir de français en raison de son évanouissement. L'infirmière lui avait bien recommandé de se reposer. Et puis, ce n'était pas comme si elle n'avait rien fait, il ne lui manquait qu'une petite moitié.

– Combien de fois vous ai-je répété de ne pas attendre la dernière minute pour faire vos devoirs ? Voilà ce qui se passe quand on n'est pas prévoyant. Désolé. Ça sera un zéro.

Morgane n'avait pas attendu la dernière minute. C'était une injustice, et d'autant plus flagrante que, lorsque Annie Cartier avait eu un gros rhume, elle avait eu l'autorisation de rendre sa copie deux jours en retard. Morgane étouffait d'indignation mais était incapable de se défendre. Elle s'assit, les larmes aux yeux, sous les murmures de ses camarades de classe.

La cour de récréation était à nouveau interdite, en raison de la pluie incessante. La plupart des élèves regagnaient leurs dortoirs ou montaient à la bibliothèque. Morgane prit le chemin des salles d'études, peu fréquentées à cette heure-ci, puisque ce n'était pas obligatoire. Elle continua jusqu'à l'escalier du grenier. Son message s'y trouvait-il encore ?

Elle regarda dans la fente. Il y avait bien la feuille pliée mais la plume avait disparu. Les Ombres avaient-elles accepté l'offrande ? Morgane fouilla son sac. Elle en sortit son porte-clés en forme de poupée russe. Elle reprit la feuille, y ajouta le dessin de la poupée à qui elle fit, sans y penser vraiment, une espèce de chignon. Elle se mordilla les lèvres jusqu'au sang. « Mlle Dautun, je la hais, je la hais... » Elle replaça le tout dans la fente et s'éloigna.

Mlle Dautun n'était pas de service, ce soir-là. Aussi allait-elle de son pas pressé vers sa chambre pour se faire une tasse de thé qu'elle estimait bien méritée. Encore une lampe éteinte dans l'escalier. Il faudrait qu'elle en touche deux mots à la directrice, cela devenait inadmissible. Elle ne vit pas le petit objet rond dans l'obscurité. Son escarpin glissa dessus et elle perdit l'équilibre. Ses bras battirent l'air un instant mais ses mains ne purent pas attraper la rampe. Elle partit en arrière, presque gracieusement. Elle n'eut pas le temps de crier. Sa tête heurta une marche, le reste de son corps bascula en une pirouette et elle dévala l'étage en roulant. Son front cogna le mur et elle ne bougea plus. Le sang s'écoula en bouillons des plaies béantes. Ses cheveux s'étaient dénoués et collaient sur son visage rougi.

Entre les mèches gluantes, ses deux yeux ouverts contemplaient les Ombres autour d'elle. Mais elle n'était plus là pour entendre leurs ricanements sauvages. La chute l'avait tuée.

Sur les marches, plus bas, un objet tournoyait encore.

C'était une poupée russe écrasée, accrochée à une chaînette tordue dont l'anneau principal avait été arraché.

5
Le cadeau d'un arrière-grand-père

Clément ignorait tout du drame qui venait de se dérouler dans sa pension. Même les autres élèves ne furent informés que le lendemain du tragique accident. Pour l'instant, il se tenait devant la porte de la chambre de son arrière-grand-père.

– Arrête de gigoter, dit sa mère. Tu es infernal !

– Il est riche, Pépé Vladimir ? demanda Clément.

– Il n'est pas pauvre, autant que je sache.

– Tu crois que je vais hériter ?

Sa mère le regarda et ne put s'empêcher de rire.

– À ta place, je ne me ferais pas trop d'illusions !

– Qu'est-ce qu'il me veut, alors?

– Je ne sais pas, moi! Peut-être qu'il veut juste te dire au revoir avant de mourir.

– Il est très vieux, n'est-ce pas? Tu auras du chagrin quand il sera mort?

– Il est de la famille de ton père, pas de la mienne. Je ne pense pas qu'il va laisser beaucoup de regrets derrière lui... Pépé Vladimir n'a jamais été très aimé. Il faut avouer qu'il n'a jamais aimé personne non plus!

Clément recommença à sautiller sur place. Sa mère renonça à le gourmander. Elle-même trouvait le temps long. Enfin, le médecin ressortit.

– Le petit peut y aller, maintenant, annonça-t-il. Pas plus de cinq minutes, il est très fatigué.

Clément entra avant que sa mère ait l'occasion de lui assener quelques conseils. Il jeta un œil à son père puis à Vladimir. Le vieil homme semblait dormir, son souffle était court et sifflant. Il n'avait pas bonne mine sous sa barbe.

– Approche doucement, dit son père à voix basse.

Aussitôt Pépé Vladimir ouvrit les paupières et releva la tête.

– Sors, Andreï, dit-il fermement.

Le père de Clément hésita puis quitta la pièce.

– La porte est fermée ? demanda Vladimir.

– Heu, oui, Pépé.

– Où es-tu ? Je ne te vois pas.

Clément longea le lit Son arrière-grand-père l'examina comme s'il le jaugeait.

– T'es vraiment petit pour ton âge. Mais t'en fais pas. Quand j'avais douze ans, j'étais comme toi. Après, j'ai grandi tellement vite que j'avais besoin de nouveaux vêtements tous les six mois !

Clément ne savait quelle attitude adopter. Il n'avait qu'une envie, c'était que Pépé lui donne son héritage et qu'il reparte aussitôt.

– Tu es à la pension ?

Ah ! non ! Il n'allait quand même pas lui demander s'il travaillait bien à l'école !

– Oui, Pépé.

– Moi aussi... Moi aussi, j'allais à l'école de garçons. À mon époque, ce n'était pas encore une pension...

– Ah bon ? C'était la même école ?

– Eh oui... En 1900, voyons 1900... 1905.

– Ça nous rajeunit pas, dit Clément.

Vladimir se mit à rire, mais son rire se transforma vite en toux.

– J'aurais été centenaire l'année prochaine... Raté de peu...

– Tu peux peut-être y arriver.

– Trop tard ! Je vais crever. Mais ne perdons pas plus de temps... Regarde la commode derrière toi. Ouvre le premier tiroir. Tu vas trouver un carnet de cuir marron. Apporte-le-moi.

Clément s'exécuta. Vladimir se redressa dans son lit. Il prit le carnet, qu'il caressa un instant d'une main tremblante.

– Voilà, dit-il. Ce genre d'objet finit généralement à la poubelle. Je voudrais que tu le prennes pour lui éviter cette triste fin... Promets-moi de le garder précieusement en souvenir du vieux salopard que je suis.

Pas terrible, l'héritage, pensa Clément.

– Je le promets, répondit Clément. J'ai le droit de le lire ?

– C'est pour ça que je te le donne. Crois-moi, mon garçon, tu pourrais bien y trouver des choses utiles...

– Heu, merci...

Vladimir se laissa retomber sur son oreiller. Il murmura quelques mots que Clément ne saisit pas. D'ailleurs, il semblait que Vladimir se parlait à lui-même.

– C'est la tempête, dit-il plus distinctement.

– Oui, Pépé, un vrai temps de chien !

– Non, c'est la tempête de 1906...

– Pépé, on est en 1994 !

– Je n'ai pas encore perdu la boule, gamin !

Écoute-moi, c'est la tempête de 1906. Bon sang ! Je l'aurai attendue toute ma vie. Et il faut que je meure pour qu'elle revienne. Cache le carnet à tes parents. Je ne veux pas qu'ils le lisent ! Ils n'y comprendraient rien... Mais toi, je sais que oui... C'est un secret entre nous...

Sa voix s'affaiblit. Clément eut peur qu'il ne soit mort.

– Pépé ? Pépé ? Tu veux que j'appelle le médecin ?

La bouche fine et exsangue s'agita dans la barbe. Clément se pencha pour entendre les derniers mots de Vladimir.

– Fais attention... Cherche l'enfant...

– Qui ? Pépé ? Papa !

Le père de Clément ouvrit la porte et se précipita au chevet de Vladimir.

– Je crois qu'il est préférable que tu sortes, Clément, dit-il gravement.

Clément sortit à reculons, dissimulant le carnet sous son pull. Le médecin le bouscula au passage. Sa mère l'attendait, un sourire hésitant aux lèvres.

– Viens, tu vas coucher à la maison, ce soir... Et tu retourneras demain à la pension... Qu'est-ce qu'il te voulait, finalement?

– Me demander comment ça allait à l'école...

Ce qui n'était pas entièrement faux.

*
* *

Le matin apporta deux nouvelles à Clément. Celle de la mort de son arrière-grand-père et celle de la mort accidentelle de Mlle Dautun.

– Triste façon de commencer sa journée, commenta sa mère. Pauvre femme. C'est bien malheureux.

Clément ne répondit rien. Il n'était pas bon de dire du mal des morts, mais franchement, Mlle Dautun, il n'allait pas la regretter. Qui donnerait les cours de français? Avec un peu de chance, il n'y aurait pas de prof avant quelque temps.

Il arriva à la pension pour le sermon de Mme Guérin. Elle s'étendit un moment sur les qualités inestimables de Mlle Dautun, combien elle allait nous manquer et patati et patata.

Elle conclut en annonçant qu'elle la remplacerait en attendant d'avoir trouvé un autre professeur.

– La dirlo comme prof, grimaça Armand, chais pas si c'est un progrès !

– On aura peut-être quelqu'un de sympa, après, dit Gall.

– Ça pourra pas être pire… Clément, et ton grand-père ?

– Il est mort, répondit-il. Et c'était mon arrière-grand-père.

– Désolé, dit Gall.

– Toutes mes condoléances, ajouta Armand. Hé, les mecs, vous avez réfléchi à notre petite affaire ?

– On n'a pas eu le temps ! s'énerva Clément. Tu peux me laisser respirer trente secondes ?

Clément s'éloigna d'un pas presque militaire. Gall le regarda et jugea préférable de ne pas le suivre.

– Et vous allez décider quand? insista Armand.

– Ça dépend des filles, répondit Gall, perdu dans ses pensées.

– Quelles filles? demanda Armand, stupéfait.

– Hein? Oh... je voulais dire... C'est un jeu avec les filles. Ça t'ennuie?

– C'est cochon? fit Armand d'une telle voix que Gall éclata de rire.

– Mais qu'est-ce que tu vas imaginer!

Gall en riait encore en entrant dans la salle de classe.

Il s'assit près de Clément, comme souvent. Celui-ci ne releva pas la tête. Il lisait. Gall le poussa du coude.

– C'est quoi, ça?

– Le cadeau de mon arrière-grand-père. J'ai commencé à le lire hier. Il faut que je t'en parle parce que c'est vraiment, heu, vraiment, très, très curieux.

– Pourquoi ?

– C'est le journal qu'il écrivait en 1906. Ça raconte une tempête et c'est pas tout...

Le professeur de maths ferma la porte et leur conversation dut s'arrêter. Mais ni Clément ni Gall ne firent beaucoup de progrès ce jour-là.

*

* *

Camilia trouvait Morgane encore plus timorée que d'habitude. Elle était assise sur son lit, les genoux pliés entourés de ses bras et elle restait comme ça, les yeux écarquillés. Elle renonça à lui parler. Catherine grignotait des biscuits apéritifs pour tromper son angoisse. Valentine commentait son album de photos.

– Tiens, c'est moi et maman en vacances au V.V.F. Le machin, dans le coin, c'est mon frère. Plus taré, tu meurs.

– J'aimerais bien avoir un frère, répondit Camilia. Ou une sœur.

– Et moi, je compte pour du beurre ?

Camilia sourit. Mais une copine, ça ne remplaçait pas un frère. Encore moins une mère. Camilia sortit son portefeuille pour regarder la photo de sa maman. Valentine devint muette.

Elle s'agita sur le lit puis choisit de ranger son album. La sonnerie retentit. Tout le monde au dodo. Valentine glissa son réveil sous son oreiller. Il ne s'agissait pas de rater le rendez-vous ! Catherine était tellement nerveuse qu'elle ne risquait pas de s'endormir. Il n'y avait rien de pire que d'attendre. Valentine se récita les tables de multiplication jusqu'à douze. Puis recommença, faute de mieux. À la quatrième série, tous les chiffres s'emmêlèrent. Elle essaya les conjugaisons de verbes irréguliers. Quand elle arriva à « que nous déchoyions » (du verbe déchoir), elle était près d'exploser. Heureusement, Camilia se présenta au pied de son lit. Catherine n'osa pas refuser de les suivre, de peur, surtout, de faire du bruit. Dans le couloir, elle poussa un soupir de soulagement.

– La veilleuse est allumée ! souffla-t-elle.

Le parcours des filles était moins périlleux que celui des garçons. Une fois passé les autres dortoirs, la voie était libre. La lampe de l'escalier était éteinte. Valentine sortit sa torche et éclaira les marches.

– Attention où vous marchez, dit Camilia. Inutile de se rompre le cou comme Mlle Dautun.

Elles montèrent l'étage et longèrent les salles d'études.

C'était la première fois qu'elles allaient jusqu'au raidillon du grenier. Camilia écouta un instant le mugissement du vent.

La pluie tombait depuis tellement longtemps qu'elle avait oublié à quoi ressemblait un ciel bleu. Valentine s'était déjà engagée dans l'escalier. Elle se heurta à la porte et frappa trois coups comme au théâtre.

– Mot de passe ? demanda une voix de l'intérieur.

– Hé ! protesta Valentine. C'était pas prévu, ça !

La porte s'ouvrit et le visage rigolard de Clément apparut.

– D'accord ! dit-il. Le mot de passe sera donc : c'était pas prévu, ça !

Il laissa le passage aux filles et referma soigneusement.

Gall finissait d'installer des bureaux en demicercle. Il transpirait sous l'effort. Le plus difficile était de bouger les meubles sans que cela s'entende. Valentine s'assit sur la grande table, sans doute un ancien bureau de maître.

– On commence la séance, Monsieur le Président ? dit Clément.

– Président ! Rien que ça ! remarqua Valentine.

– Provisoire, répondit Gall. Nous allons procéder aux élections.

Ce fut vite fait : Gall fut élu président, Camilia trésorière, Catherine, secrétaire générale, Clément et Valentine, vice-présidents. Gall, prévoyant, avait apporté un cahier neuf et un stylo. Il les remit à Catherine. Cette dernière était satisfaite de son sort. Elle préférait écrire que participer. Elle inscrivit la date et les résultats des élections.

– Il faut établir le budget, déclara Camilia. Je propose que nous mettions un peu d'argent dans une cagnotte pour les frais courants. En premier lieu, l'essentiel : les piles !

– Une grosse lanterne, ça serait bien, ajouta Clément. On doit trouver ça dans les magasins de camping.

– Que chacun donne cinquante francs pour commencer, dit Camilia. Après, on verra selon les besoins. Pas d'objection ?

Tout le monde ayant accepté, Catherine nota.

– Sujet du jour, ou plutôt de la nuit ! poursuivit Gall. Nous avons un problème. Armand se doute de quelque chose. Je ne pense pas qu'il nous dénoncerait mais il ne va pas nous lâcher!

– Il voudra être président à la place du président, dit Clément. Je le connais! C'est un petit chef. Pour moi, c'est non. Pas d'Armand dans le club.

– S'il a des soupçons, comment faire pour s'en débarrasser? demanda Valentine.

– On n'a qu'à l'endormir avec des bobards, répondit Clément.

– Ça ne sera pas facile, dit Gall.

Finalement, tout le monde se rangea à l'avis de Clément.

On inscrivit à l'ordre de la session prochaine l'exploration du grenier et l'ouverture des volets. Clément sortit le carnet de Vladimir et entreprit d'expliquer son contenu aux membres du club. Son arrière-grand-père y racontait la tempête de 1906, un étrange phénomène très localisé qui avait duré dix jours. Durant cette période, Vladimir, alors écolier ici même, avait commenté les événements qui bouleversèrent la vie de la région. Plusieurs accidents graves avaient eu lieu dans l'école. Des garçons de son âge avaient été hospitalisés à la suite de chutes. Le directeur de l'établissement était mort empoisonné sans que l'on sache comment. Un professeur s'était pendu dans sa chambre. Et, comble de l'horreur, un enfant de onze ans avait poignardé mortellement un camarade de classe qui s'était moqué de lui.

– Mais ce n'est pas tout, dit Clément. À l'époque, l'école était éclairée au gaz. Or, pendant la tempête, tous les becs de gaz à l'intérieur du bâtiment tombèrent en panne. Ça ne vous rappelle pas quelque chose ? Et il y a pire. Vladimir prétend qu'il a lui-même vu ce qu'il nomme des ectoplasmes.

Clément feuilleta le carnet et lut :

– *J'ai entraperçu une forme longiligne et sombre qui planait au-dessus de l'escalier. Un courant froid et humide circulait autour d'elle. J'ai pris peur car au fond de moi j'ai ressenti très vivement l'hostilité et la haine de cette chose. Je me suis enfui...*

– Les Ombres... murmura Camilia. Morgane avait raison...

– Que raconte-t-il d'autre ? demanda Gall.

– Pour lui, rien n'est accidentel. Il y a d'abord la tempête, qui est surnaturelle. Et puis les gens deviennent fous ou meurent violemment. Il m'a dit que c'était la même tempête qui était revenue.

– Mais comment cela s'est-il terminé ? insista Gall.

– La police a arrêté le jardinier. C'était un homme un peu simple d'esprit. Ils ont dit que c'était lui qui était responsable des accidents et des morts. Mais Vladimir pense qu'ils se sont trompés. D'ailleurs, comment expliquer qu'un garçon en ait poignardé un autre ? Pour lui, il s'agit d'une... comment il dit déjà ? d'une prise de possession des personnes par les ectoplasmes. Mais la fin de l'histoire, je n'ai pas trop compris...

Clément donna le carnet à Gall, ouvert au milieu.

– *J'ai su comment faire partir les ectoplasmes en rêvant de ma mère… J'ai agi au plus vite dès que j'ai découvert l'enfant… Mais je crains bien qu'un jour tout cela ne recommence. J'ai la preuve que ce n'est pas la première fois…* Il a gribouillé quelques mots en dessous que je n'arrive pas à lire : *Le… le mur est solide*? non, *solidaire de…* de quoi, je ne comprends pas.

Gall rendit le carnet à Clément, qui s'essaya au déchiffrage avec autant d'insuccès. Valentine voulut voir à son tour.

– Si le mur est solidaire de quelque chose, on doit pouvoir faire des recherches, dit Camilia.

– Oui, mais quel mur ? et solidaire de quoi ? répondit Gall.

– Quel est le plus vieux mur de la pension ? demanda Camilia, soudain inspirée.

– Aucune idée… Écoutez, je crois qu'il faut

que nous prenions certaines précautions, déclara Gall. Il me paraît évident que le danger rôde. Vladimir n'a pas inventé cette histoire pour faire peur à Clément. Il suffit de regarder le carnet pour constater qu'il est ancien. Alors, il faut que nous soyons prudents. Ne nous déplaçons jamais seuls la nuit, même si ce n'est que pour aller aux toilettes. Dès que le soir tombe, redoublons de méfiance. Notons tout ce qui semble insolite, même les plus petits détails. Restons en liaison autant que faire se peut... Et maintenant, au lit. La séance est levée.

Ils se quittèrent après un échange de «faites gaffe en descendant» et autres «regardez bien où vous mettez les pieds». Gall referma la porte côté filles et se retourna vers Clément. Il eut un choc, rien qu'une brève seconde, en voyant le visage de son ami dans l'obscurité. On aurait dit un vieillard Gall se ressaisit. Cela n'était qu'un jeu d'ombre dû aux torches électriques. Mais rarement, auparavant, Clément avait été aussi immobile.

6
La spirale

Gall et Clément avaient inventé un joli bobard pour Armand. Ils avaient prétendu qu'ils classaient les filles selon la beauté, l'intelligence, le charme et l'humour. Pour ne pas se faire repérer, au lieu de les noter de un à dix, ils les appelaient «présidente, vice-présidente, secrétaire générale, trésorière et femme de ménage». La meilleure note correspondait, bien sûr, à présidente et la plus mauvaise à femme de ménage. Armand trouva ça complètement débile. Mais, dans la journée, il glissa à Clément qu'il ne voudrait pas de Domino pour faire sa lessive. En revanche, il saluerait volontiers Camilia par un

« Madame la Présidente ». Ils avaient donc réussi à le tromper.

En raison de la pluie, Gall était retourné dans son dortoir pendant la récréation. Yves et le gros François se querellaient pour une bêtise. Au début, Gall ne leur prêtait pas attention. Mais la dispute prenait des proportions inquiétantes. Yves reprochait à François de mettre des miettes de gâteau jusque sous les lits des autres. Yves était chargé, cette semaine-là, de la bonne tenue du dortoir.

– J'en ai marre de ta goinfrerie ! T'es pire qu'un porc !

– Hé ! Moi, je critique pas quand tu laisses traîner des bouquins par terre !

– Je le fais pas sous le lit des potes ! Ça me rend dingue de t'entendre grignoter et roter toute la journée ! T'es qu'un tube digestif ! Une vraie masse de gélatine ! Tu t'es regardé dans un miroir ? Tu suintes la graisse par tous les boutons que t'as sur la gueule !

Se faire traiter de gros ne dérangeait pas François. Mais il ne supportait pas qu'on lui parle de ses boutons. D'un geste vif et incontrôlable, il envoya son poing dans la figure de son interlocuteur. Yves poussa un hurlement qui n'était pas seulement dû à la surprise. Sous le choc, ses lunettes s'étaient écrasées contre son nez, ouvrant une méchante plaie.

– Mes lunettes ! gémit-il. Il m'a cassé mes lunettes !

Gall bondit vers le coin lavabo et saisit un gant de toilette. Il aida Yves à éponger le sang qui coulait.

François restait muet, abasourdi par sa propre violence.

– Il faut que je t'emmène à l'infirmerie, dit Gall. Et ton nez ? J'espère que l'os n'est pas touché !

Yves se lamentait surtout sur le sort de ses lunettes. Il avait une vieille paire de rechange, mais il craignait la colère de ses parents.

– Tu sais ce que ça coûte, hein ? C'est plus de mille balles, des lunettes comme ça ! Mes parents vont me tuer !

– Il y a l'assurance, affirma Gall. Viens, l'infirmière va te faire un pansement.

– Je suis désolé, dit enfin François. Je comprends pas ce qui m'a pris... Tu me connais, c'est pourtant pas mon genre, la castagne !

Gall repensa au carnet de Vladimir. Un enfant qui en avait poignardé un autre parce qu'il se moquait de lui... Il frissonna. Et si François avait eu un couteau à sa disposition ? Aurait-il été capable de s'en servir ?

– Nous sommes tous un peu énervés à force d'être enfermés, expliqua Gall. Il faut que nous prenions sur nous pour rester calmes, les gars. D'accord ?

François fouilla dans son coffre. Il sortit sa tirelire et l'ouvrit.

– Tiens, tiens, Yves, j'ai trois cents francs... pour... pour tes lunettes...

– Oh, ça va, répondit Yves. Gall a raison. Je me suis mis en boule pour des conneries. C'est de ma faute aussi. Allez, toujours copains ?

– Toujours copains, répéta François, soulagé.

À l'infirmerie, la vieille infirmière n'était pas seule.

Un des cinquième s'était foulé une cheville. Une fille de première saignait du nez, assise sur une chaise.

– Bonjour les éclopés ! dit-elle en voyant Yves. C'est dingue ! Je me suis pris une porte dans la figure, je te raconte pas ! Il y a eu un courant d'air ou je ne sais quoi... Bang ! En plein dans la poire ! Et toi ?

– J'ai glissé, répondit Yves spontanément.

Le petit de cinquième poussait des hurlements avant même que l'infirmière le touche.

– Allons, allons ! râla-t-elle. Je t'ai rien fait ! Ce n'est pas si terrible.

– Mais ça fait mal !

– C'est comme ça depuis ce matin, dit

l'infirmière. Un vrai défilé ! À se demander ce que vous faites, tous !

– C'est Bourgoin qui m'a poussé ! gémit le cinquième. Y voulait pas me laisser aller aux toilettes !

– T'as pas besoin de rester, Gall, dit Yves. Je vais me débrouiller.

Gall acquiesça et sortit de l'infirmerie. Dans l'escalier, il croisa deux filles de seconde. L'une d'elles était en larmes. L'autre essayait de la consoler. Il les dépassa, écoutant au passage.

– Je suis vraiment nulle, et puis je suis moche, je rate tout...

– Mais non, mais non, c'est juste un mauvais moment...

– Trois en maths ! Trois ! Mon père va m'engueuler, c'est sûr... Si au moins je me rattrapais sur une autre matière. Je n'ai pas réussi à avoir plus de dix en français. Et merde.

« Juste un mauvais moment... » Elle ne savait pas à quel point elle avait raison, cette fille. Gall eut le sentiment d'être aspiré dans un tourbillon. Une espèce de spirale infernale que rien ni personne ne pouvait plus arrêter.

* * *

M. Sam était tout dérouté. Sophie était secouée de sanglots, la tête cachée entre les bras.

- Voyons, voyons, ce n'est pas grave... voyons... Tu feras mieux la prochaine fois.

– Elle était déjà comme ça ce matin, dit sa voisine de table. Je crois qu'elle nous fait une déprime.

– C'est vrai, ajouta une autre. Elle a pleuré en faisant tomber sa tasse de chocolat sur son pull !

– Toi, c'est pas mieux, dit Kiki. Tu t'es mise à crier parce que j'avais malencontreusement renversé ton verre à dents !

– Oui, c'est parce que tu l'as fait exprès ! répondit sa camarade agressivement.

– C'était un accident ! protesta Kiki. Et puis je l'ai même pas cassé !

– C'est pas faute d'avoir essayé !

– Du calme ! dit M. Sam. Je sais bien que le vent énerve, mais vous exagérez !

Domino ricanait dans son coin. Elle trouvait ça très amusant. Camilia la regarda attentivement. Elle aurait parié qu'elle mijotait un sale coup. Camilia repensa au mur. Un mur solidaire de... Si Vladimir avait écrit ça dans son carnet, c'est que c'était important. Mais pourquoi ? Et comment le découvrir ? Et, tout d'un coup, il lui vint comme une évidence que le mot n'était pas *solidaire* mais *solitaire*. Un mur isolé, peut-être. Un pan de mur, tout seul. Bien sûr ! La vieille ruine dans le jardin derrière le bâtiment. Les élèves n'avaient pas accès au jardin. Mais on pouvait le voir des fenêtres des dortoirs. Au milieu, il y avait le reste d'une chapelle. À peine un mur, celui de la façade, dont on devinait encore la croisée d'ogives qui devait surplomber la porte.

Un mur solitaire de. Non, pas « de » mais d et e, le début d'un mot qu'ils n'avaient pu déchiffrer.

M. Sam décréta qu'ils allaient lire un peu de poésie. Cela ne mit personne de meilleure humeur.

*
* *

Mlle Chauffour, le professeur de physique-chimie, regagnait sa chambre à pas lents. Elle avait l'impression d'avoir un sac de charbon sur les épaules. Quant à sa tête, on aurait pu croire qu'il s'y tenait un match de basket. Boum, boum, boum... C'était épouvantable, cette migraine.

Elle entra chez elle et se mit en quête de ses comprimés d'aspirine. Le miroir de sa salle de bains lui renvoya l'image de son visage couperosé. Pas étonnant avec sa gueule, qu'elle n'ait jamais trouvé de mari. Qui aurait bien pu vouloir d'elle ? En plus, elle était aussi sinistre qu'un jour de pluie. En parlant de pluie... Elle regarda par la fenêtre. Les gouttes s'écrasaient avec fracas contre la vitre. Ça n'allait pas arranger sa migraine. Et ce volet qui claque... Elle prit la boîte de médicaments. Elle lut presque machinalement : *« Antidépresseur, seulement sur ordonnance, ne pas dépasser la dose prescrite... »* Il lui faudrait au moins une plaquette pour lui ôter cette angoisse qui tournait en rond dans son estomac. Une à une. Les pillules roses descendaient dans sa gorge. Une à une. Elle n'avait pas allumé la lumière. Pourquoi faisait-il si sombre tout d'un coup ? Une à une. Un courant d'air froid et humide lui saisit les chevilles. Une à une. Un frisson remonta le long de ses jambes et lui glaça le bas du dos. Il n'y avait plus de comprimés. Elle contempla les plaquettes vides sans comprendre. Pourquoi avait-elle pris les antidépresseurs ?

Elle voulait de l'aspirine. Elle prit une autre boîte. De l'aspirine, au moins quatre cachets, autrement ça ne servirait à rien. Il en restait six. Autant tous les prendre.

Sa main chercha le flacon pour son asthme. Elle avait une gêne. Ses poumons ne se remplissaient plus. Elle haleta, pressa sur le vaporisateur mais ne ressentit aucun mieux. Au contraire. Elle toussa. Quelqu'un riait. Oui, quelqu'un se moquait d'elle, là, tout près. Elle entendait le rire méchant. Qui est là ? Qui est là ? Ses yeux fouillèrent la pièce. Elle ne voyait que du noir, ce noir plus profond que la nuit. Elle essaya de se retenir au chambranle et tomba à genoux. Les ombres dansaient autour d'elle en une sarabande diabolique.

Puis le rire cessa.

*
* *

Gall et Clément étaient penchés par-dessus la rampe pour regarder les ambulanciers emmener Mlle Chauffour. Armand se joignit à eux.

– Paraît qu'elle a confondu ses médicaments avec sa boîte de Cachou, dit-il. Elle est dans le coma. Elle va peut-être en crever ?

– J'espère que non, répondit Gall.

Gall fit un signe discret à Clément. Il voulait larguer Armand.

– Bon, je vais à la bibliothèque réviser mes maths, déclara Clément.

Armand grimaça. Les maths, c'était vraiment l'horreur. Il décida d'aller dans le dortoir.

– Bien joué, dit Gall. C'était le mot pour le faire fuir !

– Tu voulais me parler ?

– T'as remarqué ce qui se passe aussi bien que moi, non ? Camilia nous attend à la biblio. Je crois qu'elle a une idée.

Il n'y avait pas grand monde dans la bibliothèque. Les élèves préféraient retourner dans les dortoirs après l'étude.

Les filles s'étaient installées à côté du radiateur. Gall prit d'office la chaise près de Camilia.

– Tu as le carnet de Vladimir ? demanda Camilia, d'emblée.

Clément le sortit de sa poche. Il ne s'en séparait plus, par précaution. On ne savait jamais, avec Armand, il était capable de fouiller dans ses affaires. Camilia l'ouvrit à la dernière page écrite.

– C'est ce que je pensais, dit-elle. C'est solitaire. Et de… deplac… déplacé ! Un mur solitaire et déplacé ! Je suis sûre qu'il s'agit de la ruine dans le jardin ! Il faut qu'on y aille.

– Ça me rappelle… commença Gall. Il y a un vieux guide de la région, ici. Je l'ai vu une fois.

Il se leva et consulta les rayons de livres. Il trouva ce qu'il cherchait et revint s'asseoir.

– Tenez. Ils ont dû le garder parce qu'il y a un paragraphe sur l'école.

Gall feuilleta quelques instants. Le guide datait des années vingt, la reliure était toute craquelée et les pages jaunies.

– Voilà : *À l'extérieur de la ville, on peut apercevoir un ancien manoir* XVIIIe*, de style austère, reconverti en lycée. La partie la plus ancienne, le bâtiment central, aurait été construite pour le comte de La Touselle.*

Ce dernier y aurait vécu en reclus avec sa famille. Un incendie a partiellement détruit le manoir en 1803, causant la mort de tous ses habitants. Le monument le plus intéressant est la chapelle dont il reste les quatre murs porteurs et un pan du clocher. Cette chapelle est de style gothique, datant probablement du XIVe *siècle. Elle aurait été bâtie sur un lieu de culte romain, ayant lui-même pris la place d'un autel sacrificiel celtique. Ne se visite pas.* C'est tout.

– La chapelle s'est effondrée depuis, remarqua Camilia. J'aimerais bien savoir ce qui a causé l'incendie. Souvenez-vous, Vladimir dit que la tempête de 1906 n'était pas la première.

– Alors, tout serait lié, le passé et le présent, répondit Clément. Et, quelque part, il y a une explication... Et pourquoi un mur déplacé ?

– À nous de le découvrir. Il faut qu'on aille dans le jardin, affirma Camilia.

– Ça va être un problème, dit Gall. Il y a le chien du gardien. Comment passer sans attirer son attention ?

– Je m'en charge ! déclara Valentine. Le vieux Snoopy et moi, on est copains comme cochons !

– Même. Il risque d'aboyer.

– Ce n'est pas son genre, continua Valentine. Surtout s'il est occupé avec un paquet de biscuits. Alors, on tente le coup ce soir ?

Ils se mirent d'accord pour sortir du côté des filles. Il y avait moins de danger de croiser un professeur ou la dirlo.

Maria entra dans la bibliothèque avec son seau et son balai, leur signifiant qu'il était l'heure de retourner dans les dortoirs. Aucun d'eux n'aperçut la silhouette qui se faufilait vers les études.

Les mains serrées contre son cœur, Morgane se glissa jusqu'à l'escalier du grenier. La poupée russe, comme la plume, avait disparu de sa cachette. Cette fois, Morgane fut persuadée que les Ombres acceptaient ses cadeaux. Elle mit sa fourchette en argent dans la fente. Pour elle, c'était un sacrifice important. Elle avait volé la fourchette dans la ménagère de sa mère avant de partir pour la pension. C'était une façon de garder un morceau de sa maison. Elle mit aussi un message plié en accordéon. Elle avait dessiné son coquelicot fétiche, une flèche et la fourchette. Comme ça, les Ombres sauraient que c'était elle. Depuis qu'elle avait commencé à leur offrir des choses, elle avait beaucoup moins peur. Les Ombres semblaient s'être écartées d'elle. Morgane avait conscience que les Ombres rôdaient tout autour mais elles s'attaquaient aux autres. Morgane l'avait compris. Et même s'il lui restait un doute, elle pensait que l'accident de Mlle Dautun n'en était pas un. Les Ombres avaient puni sa tortionnaire. Elles l'avaient fait pour la protéger. Elle n'était plus seule, maintenant. Les Ombres veillaient.

7
Un mur solitaire et déplacé

Étendue sur le dos, Camilia écoutait les assauts du vent contre le bâtiment. Sûrement qu'à la longue, le vent rendait fou. Elle entendit le discret *zzzz* du réveil de Valentine, étouffé par son oreiller. C'était l'heure. Les autres filles dormaient à poings fermés. Il leur était facile de quitter le dortoir. Elles avaient prévu des vêtements chauds et des bottes. Le jardin devait ressembler à un marécage après toutes ces journées de pluie. Aucune des lampes et des veilleuses du couloir n'était allumée. Camilia aperçut le faisceau de la torche des garçons à l'étage supérieur.

– Hello, appela-t-elle doucement.

– Chuuuttt, fit une voix en réponse.

Les silhouettes de Gall et de Clément se précisèrent à mesure qu'ils descendaient.

– Vous avez remarqué ? demanda Clément. Plus de lumière nulle part !

– Dépêchons, dit Catherine, qui avait hâte d'en finir.

Valentine passa la première, armée de son paquet de biscuits pour Snoopy. En arrivant dans le hall, elle marqua un temps d'arrêt. Il y avait quelque chose sous la table à journaux et ce quelque chose gémissait.

– Snoopy ? C'est toi, mon gros ? Mais qu'est-ce que tu fais là ?

Heureux de la compagnie, le chien se précipita vers elle.

Valentine le gratifia d'un gâteau.

– Et si on l'emmenait avec nous ? proposa Catherine. Il pourrait nous protéger !

– Ou nous avertir, répondit Gall. Bonne idée, après tout.

– Je suis certaine qu'il ne serait pas contre une promenade, dit Valentine. Il n'a pas l'air bien.

– Je parie qu'il sent les Ombres, ajouta Gall.

Une mauvaise surprise les attendait : la porte d'accès au jardin était tout simplement verrouillée. Catherine voulait retourner se coucher et pourtant ce fut elle qui trouva la solution.

– Peut-être que les portes-fenêtres du réfectoire sont ouvertes, suggéra-t-elle.

Il s'avéra qu'elle avait raison. Le jardin n'avait plus de jardin que le nom. C'était un champ de boue. Les arbres agitaient leurs branches nues en craquant sourdement sous le vent. Les rosiers étaient couchés sur le sol et le chèvrefeuille avait été arraché du treillis. Au centre se dressait la silhouette sinistre du mur. Snoopy était le plus content du groupe. Il reniflait avec bonheur les odeurs mouillées. Après tout ce temps passé enfermée, Camilia appréciait aussi l'air froid. L'atmosphère oppressante de la pension les avait encore plus affectés qu'ils ne l'avaient cru. Pourtant, à l'approche de la ruine, l'angoisse les reprit. Snoopy glapit comme un renard et détala vers le treillis. Il refusa de les rejoindre, même lorsque Valentine lui montra les biscuits. Ce mur n'avait rien de bien particulier. Il était plutôt petit, en pierres grises, avec ce vestige d'arceau qui avait été autrefois la porte. Camilia en fit le tour et se retrouva ainsi à l'intérieur. Évidemment, ce n'était plus à l'intérieur de rien. Les torches ne leur permirent pas une quelconque découverte. D'ailleurs, il n'y avait peut-être rien à découvrir.

– En quoi est-ce qu'il est déplacé ? demanda Clément. On s'est sûrement trompés de mur…

– Attends, attends… répondit Camilia. Soyons logiques. Quand Vladimir a écrit ça, les quatre murs tenaient encore debout ! Nous n'avons pas la preuve qu'il s'agit de ce mur-là précisément. C'était peut-être un des trois autres.

– Illogique, Dr Watson, rétorqua Clément. Car, dans ce cas, pourquoi aurait-il mentionné un mur solitaire ?

– Oh ! zut, c'est vrai... On s'est plantés !

– Vous auriez pu y penser plus tôt, grommela Catherine.

– N'empêche qu'il y a quelque chose dans cet endroit, dit Camilia. Regardez Snoopy. Il a la trouille d'approcher.

Gall explorait pour son propre compte. Il s'était éloigné de cinq ou six mètres. Il avait laissé sa torche à Clément et n'y voyait goutte sans la lune. Il buta sur une pierre et s'étala dans la boue.

– Ça va ? demanda Valentine en accourant.

Gall se releva mais ne se préoccupa pas de son état. Il contemplait la pierre. Ce n'était pas un simple rocher. C'était une pierre rectangulaire et taillée.

Valentine éclaira et ils en aperçurent plusieurs autres, plus ou moins alignées.

– Les restes des autres murs ? supposa Clément.

– Et pourquoi pas LE mur? dit Camilia. Reprenons notre histoire: le guide date de 1923, il parle de la chapelle encore debout, point. Vladimir était ici en 1906, soit une quinzaine d'années avant. Conclusion?

– Il y avait un mur qui s'est effondré, répondit Gall.

– Mais qu'est-ce que cela pouvait être? demanda Catherine. Une maison?

– Un sanctuaire romain bâti sur un lieu de culte celtique, dit Camilia. Ce n'est pas le mur qui est déplacé, c'est la chapelle par rapport au sanctuaire!

– Il n'aurait pas pu expliquer ça clairement, Vladimir? grogna Valentine.

– Tu sais, des fois, quand on note des idées, ce n'est compréhensible que pour l'auteur, répondit Camilia. Et puis il ne voulait peut-être pas qu'on comprenne.

– Ça nous avance à quoi, tout ça? dit Valentine.

Là, personne n'avait de réponse. Gall se pencha soudain et ramassa un objet blanc coincé entre les pierres. C'était une plume de pigeon souillée de terre. Gall la rejeta. Un éclair fendit les nuages, suivi de très près par un coup de tonnerre.

– Holà ! s'écria Clément. On se met à l'abri, vite fait. L'orage est au-dessus de nos têtes !

Ils se précipitèrent vers le bâtiment, frissonnant sous la pluie redoublée. Ils enlevèrent leurs bottes pour ne pas salir. Avant d'entrer, Camilia se retourna. Et, sous ses yeux médusés, la foudre frappa l'endroit même qu'ils venaient de quitter. Une odeur d'électricité lui emplit les narines.

– C'est pas vrai... souffla-t-elle. Juste sur la pierre...

La main de Gall lui agrippa le bras. Lui aussi avait vu.

*

* *

Kiki comptait les jours avant les vacances de la Toussaint. Elle avait hâte de partir. Domino était de plus en plus odieuse, même avec elle. Kiki la supportait uniquement parce qu'elle en avait peur. Domino avait versé de l'huile de ricin dans le chocolat de Sophie, elle avait mis du cirage liquide dans les chaussures d'Amélie et elle avait lacéré le chemisier préféré d'Aurore. Personne n'osait rien contre elle. Kiki était au courant de sa dernière mauvaise idée.

Domino avait fait pipi dans une bouteille et projetait d'inonder le lit de la pisseuse. Kiki ne le dit pas. Domino l'avait menacée de la dénoncer pour avoir triché pendant la compo de géographie. Elle observait de loin le manège de Camilia qui écumait les rayons de la bibliothèque. Pfffftt...

Encore trois jours et elle rejoindrait sa famille. Si seulement elle pouvait ne jamais revenir.

Camilia lisait tout ce qu'elle trouvait sur la religion romaine. Elle avait beaucoup plus de difficultés avec les Celtes. Il n'y avait vraiment pas grand-chose d'intéressant sur le sujet.

– Incroyable, dit une voix. Une élève qui fait des recherches !

Camilia se retourna et sourit à M. Sam.

– Je suis désolée, répondit-elle. Je ne travaille pas mon anglais. C'est plutôt l'histoire... Simple curiosité. Il faut bien s'occuper puisqu'on ne peut pas sortir !

– Et où t'a conduite ta curiosité ?

– Les Romains. Mais c'est surtout sur les Celtes que je voudrais avoir des informations.

– Ah ! Ça, c'est mon truc !

– Sans blague ? Oh, pardon !

M. Sam n'était pas le genre à se formaliser pour si peu.

– Et que voulais-tu savoir ? demanda-t-il.

– Eh bien, j'ai appris que... qu'ici, il y avait eu un lieu de culte celtique.

– Oui, oui, acquiesça M. Sam. Avant la chapelle. C'est souvent le cas, en fait. Les églises, surtout les cathédrales, étaient presque toujours construites sur des sanctuaires païens. Les maîtres d'œuvre des cathédrales se servaient des repères calculés par les civilisations précédentes. Les Romains, évidemment, qui eux-mêmes avaient utilisé les points telluriques découverts par les Celtes.

– Les quoi ?

– Oh ! ce n'est pas aussi compliqué que ça en a l'air... Vous connaissez le magnétisme de la Terre, ce qui fait que l'aiguille de la boussole indique le nord. De nombreux courants magnétiques sillonnent notre planète et, à certains endroits, ils se croisent. Un tel croisement était appelé « tête de la Vouivre ». La vouivre est un nom pour le serpent. La Vouivre terrestre correspond à la Vouivre céleste, autrement dit la Voie lactée. Les Celtes et d'autres, je suppose, ont recherché ces croisements pour bâtir leurs sanctuaires.

– Avec une boussole ? demanda Camilia.

– Ils ne l'avaient pas inventée ! Ils avaient des méthodes différentes. Un cours d'eau, par exemple, peut donner une des lignes du courant. Ou bien, un sourcier peut chercher un point d'eau avec une baguette. Les Celtes savaient observer la nature. En fait, le meilleur moyen de découvrir une « tête de la Vouivre », c'est de regarder la foudre. On dit souvent que la foudre ne frappe jamais deux fois au même endroit. Rien n'est plus faux. L'électricité est attirée par le fer. Et les points telluriques, c'est quelque chose comme ça. Les éclairs tombent sur les croisements de courants, et plus d'une fois bien sûr !

– Mais ils n'avaient pas peur que leurs sanctuaires soient détruits ?

– Un lieu magique se paie parfois cher...

– Et vous croyez qu'ici il y a une « tête de la Vouivre » ?

– Il n'y en a pas partout. Qu'est-ce que tu en penses, toi ?

– La foudre est tombée dans le jardin, la nuit

dernière, répondit Camilia. Et la chapelle ? C'est peut-être pour ça qu'elle s'est effondrée... Vous saviez qu'un incendie avait ravagé la maison en 1803 ? Et si c'était aussi à cause de la foudre ?

– Tu en as appris, des choses !

– Heu... je voudrais être historienne, plus tard. Parlez-moi de la religion des Celtes.

– Nous sommes remarquablement ignorants sur ce sujet. Ils avaient plusieurs dieux et quelques petites manies... Des fêtes qui nous sont restées tout en devenant chrétiennes ! Comme la Saint-Jean ou la Toussaint.

– C'est la Toussaint, maintenant. C'était une fête de quel genre ?

– Samain. Le nom que l'on donnait à cette période. Pour les Celtes d'Irlande, les Gaëls, c'était le moment où la porte était ouverte sur l'Autre Monde.

– Un univers parallèle ? dit Camilia.

– Tu lis trop de romans de science-fiction ! répondit M. Sam en riant. L'Autre Monde, c'était tout simplement le royaume des morts.

Camilia pensa que les Ombres étaient là depuis déjà longtemps. Elles n'étaient donc pas passées par la porte de Samain… Si, bien sûr, c'étaient des âmes en perdition, ce qui restait à prouver. Mais, sinon, c'était quoi ?

– Est-ce que les Celtes croyaient aux fantômes ?

– Pas de notre façon. Chez eux, les morts avaient l'air de bons vivants ! Les chanceux gagnaient les rivages d'Avallon, l'île aux fruits, où la fée Morgane et ses huit sœurs les accueillaient.

– Mais est-ce qu'ils avaient quelque chose comme, comme… des ectoplasmes ?

M. Sam regarda Camilia avec des yeux troublés. Il mit un temps trop long avant de répondre.

– Non… Pourquoi tu me demandes ça ?

– Pour rien ! Merci, Monsieur. Il faut que j'y aille, maintenant. Au revoir, Monsieur.

Camilia fila à toute vitesse. Elle craignait d'autres questions. Il lui parut évident que M. Sam s'interrogeait, lui aussi, sur les événements récents. Et qui sait? Peut-être avait-il vu les Ombres. Il fallait qu'elle trouve Gall pour lui raconter cette histoire de points telluriques. C'était la clé, elle en était persuadée. Mais que se passerait-il à Samain? Les vacances les éloigneraient de la pension. Ils devaient rester. Camilia aurait eu du mal à expliquer pourquoi, elle avait le sentiment qu'ils devaient attendre l'ouverture de la porte. Peut-être pour renvoyer les Ombres d'où elles venaient. Ou alors... Une idée encore informe, comme une boule de magma en fusion, se mit à tourner dans sa tête. Quelqu'un essayait de lui parler, là, à l'intérieur d'elle-même. Les mots n'étaient pas exprimés, l'idée était inaccessible. Et pourtant... Il lui vint, comme un choc, que seule l'ouverture de la Porte lui rendrait compréhensible cette voix qui cherchait à l'atteindre.

*
* *

– On ne pourra jamais ! s'exclama Clément. Les parents veulent toujours nous récupérer pour les vacances !

– Écoute, répondit Camilia. J'y ai bien réfléchi et je crois qu'il faut seulement que nous soyons ici le 1er novembre. On n'a qu'à dire aux parents qu'on révise en groupe pendant trois jours et qu'après on rentre.

– Quand on parle boulot, ajouta Gall, les parents sont prêts à tout !

– Moi, je pars à la campagne, dit Catherine. Pas question que je reste dans ce cauchemar une minute de plus !

– Lâcheuse ! cria Valentine.

– Tu peux me traiter de tous les noms. D'ailleurs, je te rappelle que ta mère a prévu d'aller chez tes grands-parents. Ça m'étonnerait beaucoup que tu y coupes !

Valentine se mordilla la lèvre inférieure. Catherine avait raison. Elle ne pourrait sûrement pas rester non plus.

– Merde, dit-elle. Je crains que vous ne soyez que trois dans ce coup-là... Est-ce que la dirlo ne va pas faire de problèmes ?

– Non, répondit Camilia. Il y en a d'autres qui sont coincés ici. J'en connais plusieurs.

– Bon, conclut Clément. Moi, je ne voudrais rater ça pour rien au monde !

– Ça, quoi ? murmura Gall.

Et ces deux petits mots les frappèrent tous au cœur.

8
La visite du corbeau

Morgane déplia sa couverture. Elle avait tout le temps chaud. Pourtant, avant, elle avait toujours froid. Elle porta la main à son front pour vérifier si elle avait de la fièvre.

Elle ne sut. Elle lissa sa chemisette et se glissa dans les draps.

– Bonne nuit, lui dit Camilia.

Aucune réponse. Camilia avait remarqué que Morgane ne lui parlait plus beaucoup mais là, tout de même, elle fut surprise. Elle se retourna et regarda sa voisine. Morgane était assise, raide, dans son lit, le visage livide.

– Qu'est-ce qu'il y a ? demanda Camilia.

– C'est… c'est mouillé.

Elle réagit enfin et bondit hors de son lit. Elle s'inspecta par des mouvements désordonnés.

– Est-ce qu'il y a du sang ? Est-ce qu'il y a du sang ? répétait-elle.

Camilia se leva et la prit à bras-le-corps pour la calmer.

– Mais non, voyons… Ce doit être de l'eau ou…

Camilia ouvrit les draps et vit l'énorme tache humide.

Elle renifla.

– C'est du pipi, constata-t-elle.

– Mais c'est pas moi ! gémit Morgane. Je viens juste de me coucher !

– Je le sais bien. Je suppose que c'est une plaisanterie.

Camilia observa les autres filles de la chambre. Non.

Aucune d'elles n'aurait fait une chose pareille.

– Valentine, dit Camilia, va chercher Maria. Il faut changer les draps.

– Oh ! non, supplia Morgane. On va encore se moquer de moi !

– C'est trempé, tu ne vas pas dormir là-dedans !

Catherine vint à leur secours, armée de son séchoir à cheveux. Au bout de quelques minutes, le lit était à peu près sec.

– C'est vraiment dégoûtant, commenta une des filles.

– Je parie que c'est Domino, répondit une autre. Kiki m'a dit qu'elle n'arrêtait pas de faire des farces.

– Eh ben, ça ne fait rire qu'elle ! s'écria Valentine. Que je lui mette la main dessus en train de refaire ce genre de trucs, tiens !

Morgane remercia Catherine du bout des lèvres et se recoucha. La sonnerie annonça l'extinction des feux. Ce soir-là, le groupe des cinq n'avait pas prévu de réunion. Camilia ne dormit pas bien pour autant. Son sommeil était agité depuis quelques nuits. Ce n'était pas étonnant, vu ce qui se passait. Mais les cauchemars qu'elle faisait étaient confus. En fait, ce n'était pas exactement des cauchemars. Cela ressemblait à son rêve préféré. Elle courait dans des prés mais, au lieu des herbes, il y avait de la neige. Les fleurs n'y étaient plus, ni le parfum de la terre qu'elle aimait tant. Des éclairs zébraient le ciel plombé. Il y avait toujours un oiseau qui volait en cercle. Ce n'était plus le faucon mais un énorme corbeau noir qui croassait, menaçant.

Elle appelait. Désespérément. Elle avait oublié le nom de sa mère. Quant au papillon, il avait disparu. Il y avait quelque chose qui flottait tout autour d'elle, comme une nappe de brouillard. Et de ça, elle avait peur.

*
*

Camilia avait trouvé un livre d'histoire sur les Celtes dans la bibliothèque et elle le lisait en prenant son petit déjeuner. Domino et Kiki apparurent dans le réfectoire, en retard comme d'habitude. Domino passa près de la table de Morgane et siffla pour attirer l'attention.

– Et alors, la pisseuse, dit-elle. Toujours incontinente ?

Morgane ne releva pas les yeux et continua à boire son thé. Domino eut un mouvement de recul quand la grande silhouette de Valentine se déplia brusquement.

– Qu'est-ce t'as, toi ?

– C'est le sang que tu vas pisser, répliqua Valentine, si jamais je te prends sur le fait.

– Oh ! mon Dieu, au secours, je tremble de peur ! ricana Domino.

Elle n'insista pas davantage, car Valentine était vive et plus forte qu'elle. La plupart des élèves rigolaient en douce. Ça faisait plaisir à tout le monde que Domino batte en retraite devant Valentine. Camilia ne s'était pas préoccupée de la scène. Valentine pouvait se défendre toute seule.

Et, surtout, elle était en train de lire un paragraphe sur les animaux du panthéon celtique. Les corbeaux y tenaient une grande place. D'abord, parce qu'ils étaient l'attribut du dieu Lug. Ils étaient aussi des oiseaux devins qui annonçaient les événements ou les rapportaient. Ils étaient présents sur les champs de bataille pour commenter les exploits et... manger les cadavres. Enfin, ils pouvaient se livrer à des massacres indescriptibles et décimer les armées qui ne leur plaisaient pas. Le corbeau de son rêve, de quel côté était-il ? Était-il un ennemi, un observateur ou un allié ?

Gall vint s'asseoir près d'elle.

– J'ai téléphoné à mes parents... Ils avaient presque l'air contents que je ne rentre pas ! Clément a eu plus de difficultés. Je l'ai entendu qui hurlait dans le combiné qu'il raterait son bac s'il ne pouvait pas rester. C'était presque comique. Et toi ?

– C'est fait. Mon père... Il ne sait pas trop quoi faire de moi. Ça ne veut pas dire qu'il ne m'aime pas, c'est juste qu'il est très malheureux.

Gall se tut quelques instants. Lui, sa mère était toujours en vie. Il ne pouvait même pas imaginer ce que cela signifiait de ne plus avoir sa maman. Il se demanda si la mère de Camilia avait été aussi jolie que sa fille.

– On a prévu une réunion, cette nuit, dit-il, finalement.

Camilia acquiesça. La sonnerie retentit, il fallait aller en cours.

*

* *

Ce matin-là, une élève de première se jeta par une fenêtre et se tua.

*

* *

Mme Guérin aurait voulu fermer l'établissement un jour à l'avance. Mais il y avait trop de problèmes à résoudre avec les parents. Pourtant, elle sentait bien que quelque chose était déréglé, même si elle n'aurait su dire pourquoi. Et voilà que plusieurs pensionnaires lui annonçaient qu'ils ne partiraient que le 3 novembre ! Et il lui manquait deux professeurs. Elle reprit son courrier, chassant momentanément les soucis de son esprit. Le répit fut de courte durée.

L'infirmière vint la prévenir que deux garçons de cinquième s'étaient battus dans le réfectoire La bagarre avait débuté parce que l'un d'eux avait envoyé de la purée dans la figure de l'autre. Résultat : un bras cassé. Mme Guérin soupira, empoigna son téléphone pour appeler, encore une fois, l'hôpital. Le docteur lui demanda si elle voulait prendre un abonnement. Mme Guérin ne trouva pas ça drôle.

*
* *

Le concierge changeait les ampoules du hall. Snoopy était couché sur le carrelage et gémissait doucement. Il se redressa et remua la queue quand Valentine et Camilia apparurent en haut de l'escalier.

– Alors, mon vieux Snoopy ! s'écria Valentine. Comment tu vas ?

– C'est pas la forme, répondit son maître. C'est à cause de l'orage, ça me l'a mis dans un de ces états !

– La foudre n'est pas tombée loin, hier soir, dit Camilia.

– En plein dans le jardin, oui ! J'ai vu la marque noire sur les pierres. Ça m'a rappelé...

Camilia et Valentine échangèrent un regard.

– Et quoi donc, Monsieur ? demanda Camilia.

Le concierge descendit de son échelle et rangea les ampoules. Camilia bouillonnait mais n'osait pas trop insister.

– Voyons, voyons... C'était en... oui, en 1953. Je travaillais déjà ici. Eh bien, une nuit, il y a eu un orage incroyable. Et j'ai vu, comme je vous vois là, j'ai vu la foudre s'abattre sur le clocher de la chapelle ! Tout s'est effondré en une minute ! Il y avait des flammes bleues tout autour, c'était tellement étonnant que j'ai voulu regarder ça de plus près ! Quel imbécile ! Je n'ai eu le temps de faire qu'un pas et, bang ! un deuxième éclair est retombé dessus ! Au même endroit ! Je vous garantis que, depuis ça, je me mets à l'abri quand il y a de l'orage.

– Je comprends ! répondit Camilia. Alors, c'est comme ça que la chapelle s'est écroulée...

– Ouais... Et je vais vous dire, Mademoiselle. Je suis prêt à parier qu'hier la foudre a frappé exactement de la même façon.

Et sans doute que le premier incendie, celui de 1803, avait été causé par un orage similaire. Que fallait-il penser de tout cela ? Cela avait été une erreur de construire ici, au croisement des courants telluriques. La « tête de la Vouivre »... Un serpent, traître et insaisissable... Camilia songea brusquement que le diable prenait la forme du serpent.

D'où venaient les Ombres ? Étaient-elles des démons surgis des Enfers, des âmes meurtries assoiffées de sang, des fantômes jaloux des vivants ? Elle n'aurait probablement jamais la réponse. Et si la porte de l'Autre Monde s'ouvrait, le 1er novembre, qu'allait-il donc en sortir ? Il y avait toutes les raisons d'en avoir peur. Et, pourtant, Camilia savait au fond d'elle-même que le secours viendrait de là.

*
* *

La plupart des pensionnaires préparaient leurs bagages pour les vacances. Tous ceux qui par taient étaient visiblement soulagés.

– Plus qu'un jour de misère, dit Armand. Et vous, les gars, c'est vrai que vous restez ?

– On part avec un peu de retard, répondit Gall. Question de convenance avec mes vieux...

– Vous avez un de ces bols, ricana Armand. Jules vous tiendra compagnie !

– Ouais, fit Clément. Et Madame la Présidente, aussi…

Armand le regarda d'un air ahuri.

– T'as déjà oublié ? demanda Gall. Notre petit jeu.

– Madame la Présidente ! s'exclama Armand. Ah, les petits salauds ! Vous allez pas vous ennuyer, vous !

– Ça, c'est sûr… marmonna Clément.

L'extinction des feux avait sonné, mais leurs compagnons de dortoir étaient trop énervés pour s'endormir facilement. Gall et Clément prirent le risque de sortir à l'heure prévue. Une silhouette s'agita dans un lit, ce n'était que le gros François qui se retournait.

Du côté des filles, l'ambiance était tout aussi survoltée. Valentine échafaudait des plans pour pouvoir rester avec Camilia.

– Et si je me cassais quelque chose ?

– Sois pas bête, dit Catherine. On ne te garderait pas pour autant !

Valentine soupira et enfonça rageusement son pull dans son sac à dos. Camilia était toujours aussi absorbée par son livre. Soudain, elle se tourna vers Morgane.

– Tu savais que tu portais le nom d'une déesse ? lui demanda-t-elle.

Morgane sourit, pour la première fois depuis très longtemps.

– Oui... En Bretagne, c'est un nom plutôt courant.

– C'est chouette, quand même.

Camilia ne précisa pas que, en Irlande, Morgane se disait Morrigu, la reine des cauchemars et des spectres. Camilia quitta sa place et vint s'asseoir près d'elle.

– Tu ne me parles plus des Ombres, dit-elle. Tu n'as plus peur ?

– Non, répondit Morgane. Elles ne me poursuivent plus.

– C'est curieux... Parce qu'elles sont toujours là, n'est-ce pas ?

– Je crois...

Camilia comprit que Morgane ne voulait pas discuter de cela avec elle. Sur le moment, elle n'y attacha pas trop d'importance.

*
* *

Le couloir était à nouveau dans le noir complet. Le concierge avait changé toutes les ampoules dans l'après-midi et aucune ne fonctionnait. Le vent, qui ne faiblissait pas dehors, semblait avoir trouvé une entrée dans le bâtiment. Il balayait les allées par intermittence, en rafales glacées. Le chauffage était en panne. Camilia posa la main sur la rampe de l'escalier et l'enleva aussitôt. Les yeux écarquillés par la surprise, elle vit que le bois était recouvert de givre. Elle ne s'attarda pas et suivit ses compagnes.

Valentine marchait en tête, elle atteignit le raidillon du grenier. Elle avait à peine commencé à monter qu'elle poussa une exclamation sourde.

– Zut de zut! Mon talon s'est coincé dans... dans quoi d'ailleurs?

Elle se pencha, éclairant avec sa torche.

– Ah! d'accord, il y a une fente dans la marche. Tiens? Qu'est-ce que c'est?

Elle glissa la main dans l'ouverture et en extirpa trois bouts de papier pliés en accordéon.

– Avance, dit Camilia, on regardera ça là-haut.

Les garçons leur avaient ouvert la porte et les attendaient. Gall s'escrimait à déverrouiller le volet d'une des lucarnes.

– C'est fou, commenta-t-il. C'est gelé, comme la serrure de votre porte.

Il réussit enfin à tirer le verrou et rabattit le volet.

– Je me demande vraiment pourquoi tu veux absolument ouvrir ces trucs, dit Clément. On n'y voit pas mieux!

– Ça ne sera peut-être pas toujours le cas.

Valentine s'assit et entreprit de déplier les papiers.

Camilia expliqua aux garçons où elles les avaient trouvés.

– Des dessins, dit Valentine. Une espèce de fleur, là, et une plume.

À la lueur incertaine de sa torche, Clément essaya de déchiffrer une autre partie.

– Une bonne femme, et ça, c'est... un trident. Il y a quelqu'un qui s'amuse dans le coin... On devrait répondre. Un mystérieux inconnu lance un S.O.S. codé, les Intrépides vont à son secours !

– Tu brodes ! répliqua Gall. Les Intrépides... Pas mal, remarque...

– Mais qu'est-ce que ça signifie, les dessins ? demanda Catherine.

– Des symboles, sûrement, supposa Camilia. Peut-être que ces messages sont là depuis des siècles !

– Je ne crois pas, répondit Gall. Si c'était le cas, le papier serait jauni et cassant.

Clément s'empara du cahier et du stylo.

– Bon, alors qu'est-ce qu'on écrit ?

– Écoute, dit Gall, ce n'est pas le moment de jouer. On a des choses plus importantes à discuter.

– Ouais, mais si ça avait un rapport avec les Ombres ? protesta Clément.

– Je ne vois pas comment… Vous avez entendu ?

– Quoi ? demanda Clément.

– Je ne sais pas, comme un froissement de tissu.

– Il y a des souris dans ce grenier ? s'inquiéta Catherine.

Camilia fit un « chuuuttt » prolongé. Ils se turent, scrutant les ténèbres autour d'eux.

– Rien… souffla Valentine. Les Ombres ne s'aventurent pas ici…

– C'est le vent, dit Clément. À moins qu'il neige ?

Il leva la tête vers la lucarne et poussa un hurlement. Deux yeux brillants les observaient. Un corps plus noir que le noir se découpait sur le ciel. De gigantesques ailes s'agitèrent violemment et l'oiseau disparut en lançant un cri sardonique.

– Qu'est-ce que, que, que, que… bégaya Catherine.

– Un corbeau, dit Camilia. C'était un corbeau.

9

La fourchette en argent

Les arbres décharnés, les buissons nus et la terre boueuse étaient recouverts d'une mince couche blanche. Pas de la neige, non. De la glace. La pluie tombait en gouttes gelées.

Sur le rebord des fenêtres, où l'eau s'écoulait lentement, se formaient de fines stalactites transparentes. Les vitres étaient toutes embuées. Camilia passa sa manche sur le carreau, faisant un rond plus clair. Elle agita la main à l'adresse de Valentine et de Catherine, qui se pressaient dans la cour pour rejoindre le car. Valentine se retourna et répondit à son salut. Le chauffeur s'impatientait. Valentine voulut sans doute rattraper son retard et se mit à courir.

Elle dérapa sur le verglas. Camilia ouvrit la fenêtre et appela :

– Ça va ? Tu n'as pas de mal ?

Valentine rigolait. Elle posa les mains par terre pour se relever. Elle poussa une exclamation entre la surprise et la douleur.

– Merde ! Ma cheville !

Mme Guérin se précipita. Il ne lui manquait plus qu'un accident à la dernière seconde ! Catherine aidait son amie à se mettre debout.

– Fais pas l'andouille, souffla Catherine.

– Mais je te jure… Aïe ! Madame Guérin, je me suis foulé la cheville !

– Il faut que j'y aille, moi, dit le chauffeur du car.

– Oh ! vous, la paix ! s'écria Mme Guérin. Vous ne voyez pas que la petite s'est fait mal ?

– Peut-être bien, Madame, mais y faut que

j'y aille, moi. Et je ne fais pas le transport des blessés. Au revoir, Madame.

Mme Guérin soupira et se promit de changer de compagnie de cars.

– Catherine, il faut partir, dit Mme Guérin. Je m'occupe de votre amie. Allez, allez !

Catherine embrassa furtivement Valentine et s'en fut.

Camilia était déjà dans la cour.

– Je prends ses affaires, Madame Guérin.

Valentine clopina vers le bâtiment, appuyée sur la directrice. Camilia, d'abord dans le doute, comprit que ce n'était pas de la comédie. L'infirmière, prête elle aussi à quitter la pension, fit la grimace quand elles entrèrent.

– Eh bien, ne restez pas les bras ballants, commanda Mme Guérin.

Valentine fut installée sur la couchette de l'infirmerie.

La vieille infirmière la déchaussa en dépit de ses cris. Elle examina la jambe d'un air critique.

– Sûrement les ligaments, conclut-elle. Il faut mettre une bande et pas de mouvements pendant une bonne semaine !

– Hein ? protesta Valentine. Et comment je vais chez ma grand-mère ?

– Je vais téléphoner chez vous, dit Mme Guérin.

L'infirmière passa une pommade sur la cheville et la banda.

Elle demanda à Camilia de sortir la canne anglaise du placard.

– Ne pose pas ton pied à terre, sers-toi de la canne, conseilla l'infirmière. Même si ce n'est que pour faire quelques pas.

– C'est gai, répondit Valentine. Je devais prendre le car et le train pour aller jusqu'à la maison. Maman est prise tout le week-end. Elle ne pourra pas venir me chercher.

Son visage s'éclaira tout d'un coup.

– Eh oui... Elle ne pourra pas... Camilia, je suis ici jusqu'à lundi !

Mme Guérin entra à cet instant, l'humeur sombre.

– Je suis désolée, Valentine. Vous devrez rester jusqu'à lundi.

Valentine retint une forte envie de rire. Cela lui passa quand elle dut se mettre debout et marcher avec la béquille.

– Aïe, ouille, aïe, ouille, aïe, ouille... C'est infernal, ce truc!

– Ne pose pas le pied! cria l'infirmière dans son dos.

– Comme si je pouvais... haleta Valentine.

– Tu souffres beaucoup? dit Camilia.

– Oui. C'est incroyable que je me sois cassé la gueule en partant!

– Tu ne l'as vraiment pas fait exprès?

– Mais non!

Valentine leva les yeux vers l'escalier et en eut le vertige.

– Je ne vais jamais y arriver!

Une silhouette se dessina en haut des

marches. Camilia s'apprêtait à demander de l'aide lorsqu'elle reconnut Domino. Celle-ci s'arrêta et contempla le spectacle.

– Tiens, tiens… Que vois-je, que vois-je ? Tu fais moins la fière, hein, la girafe ?

– Ce qu'il y a de bien avec une béquille, dit Valentine à l'adresse de Camilia, c'est qu'on peut aussi s'en servir pour taper sur la tête des gens…

Domino cracha quelques gros mots et remonta l'escalier.

Dans le hall, Mme Guérin et le concierge discutaient.

Impossible d'avoir l'électricien avant le mardi. Il faisait le pont. Il faudrait qu'ils attendent pour la réparation du chauffage. Chanceux comme ils étaient, le thermomètre allait sûrement descendre jusqu'à moins dix. On allait battre des records de froid dans la région.

*
* *

Puisque c'étaient les vacances, les garçons avaient la permission de rejoindre les filles dans les dortoirs pendant la journée. Il fallut toute la diplomatie de Clément pour se débarrasser de Jules le baveux. Il lui recommanda d'aller se faire foutre. Valentine était allongée sur son lit. Elle n'allait pas leur être d'une grande utilité dans son état.

Pour s'occuper, ils jouaient au Scrabble. Morgane traînait inexplicablement dans les couloirs. Mais personne ne s'en préoccupait, pas même Camilia.

– Dites, le Samain, c'est quand ? demanda Clément. La nuit du 31 ou la nuit du 1er ?

Tous regardèrent Camilia, supposée être la détentrice du savoir. Elle ouvrit la bouche, la referma, réfléchit. Elle ne s'était pas posé la question.

– Je pencherais pour le 1er. De toute façon, on sera bientôt avertis !

– D'accord, répondit Clément, mais est-ce que nous ne devrions pas faire quelque chose ?

Comme des prières ou des incantations ? Allumer un cierge ?

– Parti comme c'est, dit Gall, nous allons nous éclairer aux bougies. Tenez.

Gall tourna l'interrupteur central. Il n'y avait plus de courant.

– On peut toujours prier, dit Camilia. Ça ne peut pas nous faire de tort !

– C'est bien gentil, remarqua Valentine. Mais moi, je vais rester coincée ici pendant que vous vous promènerez. Et si j'étais en danger, hein ?

– Tu ne seras pas seule, répondit Camilia. Il y a Morgane.

– Oh, celle-là… bougonna Valentine.

– Elle sait pour les Ombres. L'important est que l'on soit toujours au moins deux en même temps.

– Je peux te donner mon sifflet, proposa Clément. Comme ça, si tu as un problème, tu nous appelles.

– Sûr qu'on l'entendra, dit Gall. Il fait un de ces boucans, ce machin !

Quelques coups discrets furent frappés à la porte.

M. Sam entra, les bras chargés de chandeliers et de couvertures.

– Désolé de vous déranger. Mais la nuit tombe déjà et il y a une coupure d'électricité.

– Vous ne partez pas, Mister Sam ? demanda Gall.

– Eh non... Mme Guérin ne peut pas s'occuper de tout.

L'idée que M. Sam restait, lui aussi, leur apporta du réconfort. Valentine s'enveloppa dans la couverture. Il faisait très froid, un froid inhabituel pour la saison. Un froid... surnaturel.

*
* *

Ce soir-là, ils devaient se retrouver au grenier, qui semblait un lieu protégé. Valentine ne pouvait pas, bien sûr. Camilia devrait monter seule. C'était ennuyeux, mais il n'y avait pas d'autre solution. Personne ne s'inquiétait pour Valentine, qui serait en compagnie de Morgane. En plus d'eux, de la directrice et de M. Sam, il y avait encore Domino et Jules le baveux et une dizaine d'élèves du second cycle.

Le concierge prenait un congé d'une semaine mais il laissait Snoopy. Exceptionnellement, Mme Guérin autorisa les filles à dîner dans leur dortoir avec Valentine.

Il n'était guère plus de neuf heures. Valentine grimaça en bougeant. Camilia attendait le moment de partir. Elle avait enfilé deux pulls et des gants mais elle avait toujours froid.

– Je crois qu'il faut rapporter les plateaux à la cuisine, remarqua Morgane.

– Ça peut attendre demain, répondit Camilia. Tu sais bien que toutes les lampes sont H.S. Tu ne vas pas te trimballer avec tout ça et un chandelier !

Morgane entreprit d'empiler les assiettes.

– Ça ne me gêne pas…

– Voyons, Morgane ! Tu oublies les Ombres !

– Je n'oublie pas. Mais tu vois bien toi-même, tout est parfaitement tranquille.

– Bon, je t'accompagne.

– Ce n'est pas utile. D'ailleurs, tu as rendez-vous.

Camilia et Valentine la regardèrent bouche bée. Morgane se mit à rire, ce qui n'était vraiment pas fréquent chez elle.

– Tu crois que je ne sais pas que tu vas retrouver les garçons ?

– Bon, d'accord ! dit Camilia en souriant. C'est les vacances, on peut s'amuser un peu !

Morgane lui demanda de lui ouvrir la porte et elle sortit, les plateaux les uns sur les autres, un bougeoir coincé entre les assiettes sales. Camilia lui glissa la petite boîte d'allumettes dans une poche.

– Le vent a cessé, constata Morgane. Il n'y a plus autant de courants d'air dans les couloirs.

– Fais gaffe quand même, recommanda Camilia. Appelle si tu as un problème, O.K. ?

Elle suivit Morgane des yeux jusqu'à ce que la faible lueur de la bougie ne lui parvînt plus. Elle retourna auprès de Valentine.

– Elle est bizarre, dit-elle.

– Pourquoi ?

– Avant, elle était tout le temps terrorisée. Et maintenant qu'il y a vraiment de quoi paniquer, elle va se promener dans le noir ! Je t'assure que c'est curieux...

– C'est peut-être ça la solution, répondit Valentine. Si on cessait d'avoir peur, les Ombres disparaîtraient !

– Tu penses que c'est notre propre peur qui les fait exister ? Ce n'est pas idiot, tu sais ! Je ne crois pas que les Ombres soient nées de la peur mais si elles se nourrissaient de ça ? C'est à méditer... Bon. Il faut que j'y aille. Morgane ne va pas tarder à remonter. Ça ira ?

– Bien sûr ! Je vais faire une partie de

Scrabble contre moi-même. C'est un sacré adversaire !

Camilia serra une écharpe autour de son cou. Elle vérifia sa lampe et prit une bougie de secours.

– À tout à l'heure, ma jolie, dit Valentine.

Camilia sortit et écouta un instant le silence. Le vent ne soufflait plus. La pluie ne tombait plus. C'était comme si le froid avait tout gelé. Ils allaient finir dans un bloc de glace. Camilia avança vers l'escalier. Elle se pencha par-dessus la rampe, espérant apercevoir Morgane. Il y eut un léger bruit à l'étage inférieur.

– Morgane ? C'est toi ?

Pas de réponse. Elle avait dû se tromper. Elle commença à monter.

Au premier, une silhouette se détacha du mur. Domino alluma son briquet et se gratta la gorge. Elle avait eu envie de piquer à manger à la cuisine. Et voilà qu'elle apprenait que la pisseuse se trouvait dans le coin… Elle ricana. Elle allait lui flanquer une trouille à la faire pisser dans sa culotte ! On allait bien rigoler.

Au moment où elle s'apprêtait à descendre, un léger souffle parcourut le corridor, tourbillonna, se concentra en un seul point et s'éleva. Des gouttes s'écoulèrent à partir de ce « rien » et bientôt se glacèrent. Impossible de donner un nom à cette forme de brouillard gelé. Mais elle avait des bras. Et des griffes. Et un rire.

* *

Et une fourchette.

Morgane ramassa un morceau de pain qu'elle grignota. Par la baie vitrée de la cuisine, elle voyait le jardin recouvert de givre. Elle pensa à un glaçage sur un gâteau. Des garçons...

Camilia lui préférait des garçons. Les filles, encore, elle pouvait comprendre. On a besoin de se retrouver entre nous.

Mais Gall... et le petit Clément ! Était-elle

amoureuse de Gall ? Elle avait bien remarqué les regards qu'ils s'échangeaient, au réfectoire ou à la bibliothèque Peut-être même qu'ils se tenaient la main quelquefois. Elle jeta le bout de pain d'un geste brusque et renversa la chandelle.

Elle se moquait de l'obscurité. Le grincement de la double porte du réfectoire lui parvint. Camilia s'était sans doute inquiétée de son absence prolongée. Morgane allait sortir de la cuisine mais, soudain, elle s'immobilisa. Elle s'accroupit, entrouvrit doucement le battant et observa.

Quelqu'un se faufilait entre les tables. La nuit sans lune ne permettait pas les ombres et pourtant, il y en avait bien une derrière Domino. Cette dernière buta dans une chaise et jura sourdement. Elle serra son chandail autour de son corps. Il faisait un de ces froids dans cette grande pièce !

Domino fit violemment volte-face et cria. Mais son cri ne put monter bien haut. Des deux mains, elle essaya d'enlever la fourchette plantée dans sa gorge. La fourchette tinta en tombant sur le sol. Domino s'agenouilla, comprimant le sang qui jaillissait en bouillons. La fourchette se releva, tenue par quelque chose d'indiscernable au rire méchant. Elle frappa dans son dos puis laissa des sillons sur sa joue.

Domino voulut se protéger les yeux, sa lèvre fut déchirée. La fourchette chercha la veine jugulaire et la trouva. Domino s'effondra sur le carrelage. Le sang s'étalait par secousses, comme de l'encre renversée.

Morgane referma la porte et prit un autre morceau de pain.

10
La nuit de glace

Camilia longeait les salles d'études. Le rayon de sa torche révéla des stalactites en haut des fenêtres. Elles n'étaient pas dehors mais dedans. Camilia s'arrêta et se tourna vers les portes. La glace envahissait les serrures, toutes les fentes entre les joints, les poignées. L'escalier du grenier était blanc. Interloquée, Camilia tapa le pied sur la première marche. La glace craqua sous le choc. Elle monta prudemment pour ne pas déraper. Gall avait oublié de lui donner la clé. Elle frappa à la porte, remarqua les colonnes de glace qui l'encadraient. Pas de réponse. Elle essaya de pousser, mais c'était bien fermé. Peut-être était-elle partie un peu trop tôt. Elle devait attendre.

*
* *

Les garçons n'étaient pas en retard mais ils avaient dû faire face à un problème inattendu : Jules.

– Si vous sortez sans moi, je vous dénonce.

– On l'assomme ? proposa Clément.

– Z'avez pas intérêt, hein ! dit Jules en reculant.

– On ne peut pas t'emmener, répondit Gall. Un point, c'est tout.

Jules s'assit sur son lit, l'air buté. Clément haussa les épaules. L'important était qu'il ne les suive pas. Aussi, lorsqu'ils quittèrent leur dortoir, ils se mirent en embuscade dans les toilettes pour voir ce que ferait Jules.

Ils avaient eu raison. Jules était à leur recherche.

– C’est embêtant, murmura Clément. Il faut qu’on le sème..

– Écoute, je connais mieux la baraque que toi. Je vais le perdre. Mais toi, il faut absolument que tu ailles ouvrir à Camilia. Elle ne doit pas rester seule plus longtemps.

Gall lui donna la clé et sortit le premier des toilettes.

Clément lui laissa deux minutes et se dirigea à son tour vers l’escalier. Gall avait choisi de descendre. Impossible de savoir où était Jules, on pouvait juste supposer qu’il avait suivi Gall. Clément glissa et se rattrapa à la rampe gelée.

Le givre recouvrait désormais tous les sols du bâtiment. Le petit Clément souffla sur ses mains pour les réchauffer. Il lui vint comme une gifle qu’ils étaient en train de faire exactement ce qu’il ne fallait pas. Ils étaient tous séparés.

Il pressa le pas. Rejoindre Camilia, vite, vite… Il se rassura en pensant que Gall avait Jules comme compagnie et que Valentine était au calme avec Morgane. Il se trompait sur les deux points.

Gall avait bel et bien perdu Jules dans les salles de cours. Il s'apprêtait à remonter.

Valentine jouait au Scrabble. Par un curieux hasard, les seuls mots qui lui venaient à l'esprit étaient : fantôme, linceul, mort, noir, sang... Elle contempla la grille du jeu d'un air critique. Elle préféra ranger. Pourquoi Morgane était-elle si longue ? Valentine se redressa, attrapa sa béquille et tenta de se lever. Il était arrivé quelque chose à la gamine, c'était sûr. Il fallait qu'elle y aille. Elle fit trois pas avec difficulté.

Alors, le vent cogna dans la fenêtre, l'ouvrit en grand et s'engouffra en tourbillons dans le dortoir. Valentine se retrouva par terre, recouverte de gouttes glacées en une seconde. Le mot linceul lui revint en mémoire. Un linceul de glace. Le vent tournait autour d'elle, ravageant la pièce, jetant les livres dans tous les sens, soulevant les lits avec fracas. Valentine reçut les lettres du Scrabble dans la figure. Sa main en saisit une par réflexe. Elle regarda : k, dix points ! Elle renonça à se relever et se traîna vers la fenêtre. Il fallait la fermer à tout prix. Elle glissa le haut de la béquille derrière un pied de lit et se hissa. Le vent la renvoya contre le mur opposé. Elle lâcha la canne, la vit s'élever dans les airs presque lentement avant de retomber violemment à cinq centimètres de sa tête. Elle l'empoigna à nouveau, s'adossa au mur. Elle avait compris. Ce n'était pas le vent à qui elle avait affaire. On essayait de la tuer.

– Au secours !

Elle trouva le sifflet de Clément dans sa poche. Elle souffla dedans à en devenir écarlate. Mais les sons étaient saisis par la tourmente et perdus dans le hurlement sauvage du vent. Valentine se traîna vers la porte, dos au mur.

D'ailleurs, elle était plaquée, écrasée contre la paroi. Une espèce de givre envahissait désormais la pièce. Et si Valentine avait eu un miroir, elle n'aurait vu d'elle que deux yeux effarés dans un visage masqué de blanc. Le métal de la béquille collait à sa peau. Il était en train de geler.

Elle poussa un hurlement de douleur en arrachant la béquille à l'aide de ses genoux serrés. Le sang coula de ses paumes.

Il était temps qu'elle s'en sépare ! Elle enleva le foulard autour de sa gorge et, avec les dents, le déchira, en fit deux bandes pour recouvrir ses mains ensanglantées. Elle avait atteint la porte. Ses membres devenaient insensibles. Elle cracha la neige qui s'infiltrait dans sa bouche. Elle saisit la clenche, réussit à la tourner. Mais le vent rabattit le battant à peine entrouvert. Valentine fit face à la fenêtre.

Elle remarqua que les carreaux étaient tous en miettes. Il aurait fallu qu'elle puisse fermer les volets. Elle se pencha brusquement pour éviter une lampe qui voltigeait.

Inexplicablement, une bougie était restée allumée. Cette lueur était encore plus sinistre que l'obscurité. Cela voulait dire : « Rien de ceci n'est naturel et tu vas crever sans savoir pourquoi. » Valentine pensa qu'elle allait mourir de froid. Mais, à cet instant, les débris de verre se soulevèrent du sol, dansèrent en rond dans les bourrasques et s'immobilisèrent. Un grand triangle acéré pointa dans sa direction. Valentine plongea en avant, s'empara d'un oreiller. Le morceau de verre fusa à travers la pièce.

Elle l'entendit presque siffler... Il s'enfonça dans les plumes. Valentine, aveuglée par la neige, voyait mal mais suffisamment pour comprendre ce qui l'attendait. Les autres fragments de verre jaillirent de tous les côtés, la transperçant en de multiples endroits. Elle ne sentit presque rien. Sa chair était trop gelée pour être sensible. Elle se protégea surtout le visage. Elle s'agrippa de nouveau à la poignée de la porte. Il fallait qu'elle sorte de là, c'était sa seule chance. Résolument, elle tourna le dos aux morceaux de verre, s'arc-bouta contre le mur de sa jambe valide et tira de toutes ses forces. La porte se décolla, se referma.

Valentine hurla, libérant toute son énergie. La porte s'ouvrit. Valentine se jeta à plat ventre dans le couloir mais n'eut pas le temps de s'extraire complètement. La porte s'abattit sur ses mollets. Les os craquèrent. Valentine s'effondra sur le sol givré, incapable de bouger. Quelque chose lui saisit les chevilles.

– Non ! Non ! cria-t-elle. Au secours ! Ils veulent me reprendre ! À l'aide !

Elle ne pouvait se retenir à rien. Ses ongles griffèrent le parquet mais, inexorablement, elle repartait en arrière.

Ses genoux repassèrent de l'autre côté, bientôt les cuisses.

Et là, devant elle, une forme surgit du noir. Elle voulut hurler à nouveau, ne le put même pas. Un monstre bondit, la gueule béante et…

– Snoopy !

Le chien mordit dans son gilet et tira en

grondant. Snoopy dérapait sur la glace mais tenait bon. Valentine reprit courage. Elle lutta pour libérer sa jambe gauche, parvint à prendre appui sur le chambranle. La jambe droite passa enfin et la porte se referma d'un claquement sec. Valentine entoura le chien de ses bras, l'embrassant, le caressant, le cajolant.

– Mon vieux pote, mon vieux pote... Snoopy. Il ne faut pas qu'on reste là... Viens, viens...

Valentine ne pouvait pas marcher. Elle ne pouvait même pas aller à quatre pattes. Ses jambes étaient inertes. Elle devait avancer grâce à l'unique force de ses avant-bras. Elle réussit encore à rire en pensant que, après ça, elle pourrait s'engager dans les paras.

*
* *

Les dortoirs étaient silencieux, enveloppés dans la froidure. Plus un corps ne bougeait dans les lits gelés. À peine entendait-on un souffle, un soupir sortir des bouches décolorées. Tous les habitants semblaient prisonniers de cette lente mort blanche.

Camilia s'était endormie dans l'étroit escalier du grenier. Cela avait été plus fort qu'elle. Mais elle rêvait.

De l'autre côté de la porte, Clément l'appelait. Mais elle n'était plus consciente. Déjà, la glace grimpait le long de son corps.

Clément avait eu beaucoup de mal à entrer dans le grenier.

Leur porte ne s'était jamais ouverte correctement et là, c'était la glace qui la coinçait. Après de pénibles efforts, Clément se glissa dans l'entrebâillement. Il repoussa le battant. La serrure s'engagea et aussitôt se mit à givrer.

Clément ne parvint pas à déverrouiller la porte des filles.

En plus, Camilia ne répondait pas. Avait-elle renoncé ?

Perplexe, Clément s'assit sur un bureau et résolut d'attendre Gall. Alors seulement il remarqua l'hôte du grenier.

Il n'osa faire un mouvement. La bête l'impressionnait, d'abord par sa taille imposante et ensuite par sa totale immobilité. Mais les yeux noirs perçants étaient brillants et humides et il n'y avait aucun doute : le monstre était bien vivant.

Clément était piégé et il le savait. Ce qu'il ignorait, en revanche, c'était que le froid ne le menaçait pas. Pourtant, s'il avait eu à choisir, il aurait préféré sombrer dans le sommeil plutôt que de faire face à cette horreur à plumes. Il lui vint à l'idée de parler.

– Salut l'oiseau, dit-il doucement.

Puis il pensa qu'il valait mieux être très poli au cas où la bestiole comprendrait quelque chose.

– Monseigneur l'Oiseau, heu, Corbeau. Enfin, je crois... Mais je ne savais pas que les corbeaux pouvaient être aussi... aussi gros. Grands.

Majestueux. Vous êtes très beau, très... noir. Le noir vous va très bien, remarquez !

Son discours n'allait pas tarder à devenir incohérent s'il continuait comme ça. Cependant, le corbeau commençait à manifester un certain intérêt. Il se mit sur une patte puis sur l'autre et fit « crroooaaaa » d'une manière fort civile.

Clément supposa que c'était une invitation à poursuivre.

– Je me demande comment vous êtes entré. Je ne vous le reproche pas ! Vous êtes le bienvenu, c'est évident... Je m'appelle Clément. Le petit Clément.

– Crooaa ?

– Non, Clément.

Finalement, cet animal n'avait pas l'air méchant, ni même hostile. Mais quand il décida brusquement de s'approcher de Clément, celui-ci serra les fesses. L'oiseau se dandinait en marchant sur les bureaux. De loin ou à la télé, Clément aurait trouvé ça tout à fait comique. Le corbeau pencha la tête sur le côté et posa une de ses pattes sur la cuisse de Clément. Les griffes se refermèrent dans sa chair. Clément se mordit la lèvre pour ne pas crier, ni se débattre. Le sang mouilla son jean.

– Crrroooaaaa ! lança la bête, moqueuse.

« Qu'est-ce que je fais ? Je ne peux pas me battre avec cette saleté, elle me mettrait en pièces. »

– Tu me fais mal, là, vieux... gémit Clément.

Aussitôt, le corbeau desserra son étreinte. Clément respira de soulagement. Le répit fut de courte durée car l'oiseau monta carrément sur lui et s'installa confortablement (pour lui !) sur les cuisses de Clément.

Heureusement, il ne s'accrocha pas avec ses griffes, cette fois. Interloqué et inquiet au début, Clément finit par trouver assez agréable cette chaleur contre son corps transi.

Si bien que, sans y penser vraiment, il entreprit de caresser les plumes de son étrange compagnon. Et le «crrroooaaa» de béatitude qui s'ensuivit le rassura définitivement. Le corbeau appréciait. Restait à savoir comment s'en débarrasser quand les crampes deviendraient insupportables. Pour passer le temps, et puisque Gall n'arrivait toujours pas, Clément entreprit de raconter au corbeau les récents événements.

*
* *

La couche de verglas qui recouvrait tout l'intérieur du bâtiment diffusait une lumière pâle qui n'avantageait pas les personnes. Gall avait aussi bonne mine qu'un cadavre. Il écarquilla les yeux, ne pouvant croire à la réalité de ce qu'il y avait, là, dans le couloir.

C'était un bonhomme de neige. Presque comme ceux qu'il faisait quand il était petit, dans le jardin de ses grands-parents. Il n'avait pas de pipe, ni de nez en carotte, ni de chapeau, ni d'écharpe. Il ne tenait pas un balai mais une fourche. Et son sourire était fait de dents de glace. Le bonhomme ouvrit en grand la bouche et exhala une haleine de givre qui atteignit Gall en plein visage. Bien qu'aveuglé, Gall eut le réflexe de courir vers l'escalier. À l'étage supérieur, il y avait M. Sam. Il devait chercher de l'aide. Ils avaient été fous de penser qu'ils pourraient combattre les Ombres ! Gall essuya ses joues glacées et se retourna. Le bonhomme ne le poursuivait pas, il dansait !

Gall poussa un cri d'horreur. Car le bonhomme de neige ne dansait pas seul. Contre son ventre rondouillard, il serrait un corps inanimé. Gall était assez près pour voir la tête de Jules secouée dans tous les sens, les bras qui gigotaient, coincés dans des mains de glace, les jambes qui ne touchaient jamais le sol. Jules n'était plus qu'un pantin désarticulé.

– Assez ! Arrêtez ! Non !

Gall se précipita au secours de Jules. Il ne pouvait pas laisser faire ça, même s'il était probable que Jules fût déjà mort. Le bonhomme de neige continuait sa valse infernale, tournoyant si vite que les jambes de sa victime s'envolaient. Et puis, brusquement, le bonhomme lâcha Jules qui s'écrasa contre un mur. Il expira à nouveau, et, cette fois, le brouillard qui sortit de sa bouche était agrémenté de pointes de glace. Gall se protégea le visage et les morceaux de glace mordirent dans son avant-bras. Le bonhomme avait récupére sa fourche et visait le garçon. Toujours aussi souriant, il se jeta sur Gall. Promptement, Gall se réfugia dans l'escalier où il serait plus difficile pour le bonhomme de manœuvrer. Gall avait oublié le verglas qui recouvrait les marches. Dans sa hâte, il dérapa, se rattrapa de justesse à la rampe et, sans savoir comment, se retrouva de l'autre côté, suspendu dans le vide.

Ses mains glissaient sur la rampe gelée. Frénétiquement, Gall essayait de ramener son pied à hauteur des marches.

Le bonhomme s'approcha, lentement, ricanant. Il toussa quelques débris de glace et s'immobilisa au-dessus de Gall.

11
L'enfant des ombres

Tout était blanc. Le ciel, la terre, les arbres, l'air lui-même. Il n'y avait plus d'horizon. Camilia ne pouvait pas bouger, prise dans la glace de son rêve. Désespérément, elle cherchait l'oiseau dans le ciel. Il n'y avait plus rien que le désert blanc. Elle essayait de crier pour briser ce carcan de glace. Sa voix était étouffée. Il fallait appeler, pourtant. Maman ! Maman ! Angelica. La chaleur monta dans sa poitrine, son cœur rougeoya et la glace commença à fondre.

« C'est la haine, Camilia. La haine de soi, la haine des autres. C'est la haine qu'il faut tuer. »

Camilia se libéra dans son rêve car elle savait aimer.

*

* *

M. Sam s'éveilla. Il était gelé, lui aussi. mais il ne dormait plus. Quelque chose en lui avait été plus fort que le sortilège. Pourtant, ses membres étaient inertes et insensibles. Il cligna des paupières pour chasser le givre qui les recouvrait. Si seulement il parvenait à remuer un doigt... Il concentra toutes ses forces sur sa main droite.

Le pouce, d'abord... oui... Sa main se crispa sur les draps raides de froid. Quelqu'un hurlait. M. Sam cria en réponse et, soudain, fut délivré. Il se leva, glissa, se jeta sur la porte. Impossible de sortir, il y avait un mur de glace. Enragé, M. Sam saisit sa chaise et frappa sur la glace. Il réussit à percer un trou et se précipita dans le couloir On hurlait toujours. Il se dirigea vers l'escalier.

Il arriva à l'instant où le bonhomme de neige dressait sa fourche au-dessus de Gall. M. Sam ne comprenait rien à la situation mais il savait qu'il fallait agir immédiatement.

– *Away, away!* Attaque-toi à moi si tu le peux, bâtard!

Le bonhomme de neige se tourna vers lui mais ne le trouva pas digne d'intérêt. Il planta sa fourche dans l'épaule de Gall. Le garçon lâcha prise d'un côté. Le bonhomme riait en élevant la fourche pour achever le travail. M. Sam ne prit pas la peine de descendre les marches, il sauta de son palier. Il s'écrasa contre le bonhomme de neige et finit sa course dans le mur, presque un étage plus bas. Le bonhomme n'était plus qu'un petit tas de neige dispersé. La fourche s'était cassée en trois.

La main de Gall glissait dans son gant. Il allait tomber.

Il tombait... Il fut retenu par la manche. Il se balança un instant et son sort fut incertain jusqu'à ce que M. Sam parvînt à attraper sa ceinture. Il l'attira vers lui. Gall agrippa la rampe.

– Jamais été si content de voir quelqu'un, dit Gall, une fois sauf.

M. Sam tapa du pied dans la neige. Le bonhomme s'était volatilisé, pourtant il ne l'avait pas inventé…

– Mais qu'est-ce qui se passe ? demanda-t-il, effaré.

Gall ne répondit pas. Il regardait le corps désarticulé de Jules.

– Mon Dieu ! s'écria M. Sam.

Il n'y avait plus rien à faire. Gall frotta son épaule et contempla sa main ensanglantée sans réagir. La lumière générée par la glace était presque verte et son sang avait une couleur bizarre, entre le marron et le violet.

Ils auraient pu s'endormir là, tous les deux, jusqu'à en mourir. Ç'aurait été un soulagement, en fin de compte…

Le coup de sifflet se propagea dans les murs,

comme l'onde de choc d'un tremblement de terre.

– Qu'est-ce que c'est ? dit M. Sam, soudain ranimé.

– Valentine ! Valentine appelle à l'aide !

Il fallait descendre, traverser le réfectoire et reprendre l'escalier côté filles. Gall trembla en pensant à Camilia.

Les baies vitrées du réfectoire étaient opaques. L'accès au jardin était désormais interdit par la glace. Gall buta dans le corps de Domino. Il ne vit que la fourchette. Un souvenir de quelque chose...

– Combien de morts allons-nous encore trouver ? gémit M. Sam.

Le sifflet retentit à nouveau. On pouvait au moins espérer que Valentine était toujours en vie. Gall cria le nom de Valentine et le sifflet lui répondit, accompagné d'un aboiement de chien.

Valentine était arrivée jusqu'à l'escalier du grenier.

Cela n'avait pas été facile ni rapide. Elle avait trouvé Camilia emprisonnée dans la glace. Tout ce qu'elle avait pu faire alors, c'était de siffler.

– Gall ! Gall ! Oh, Monsieur Sam ! Vite, il faut casser la glace autour de Camilia !

– Mais ça va, toi ? dit M. Sam.

– J'ai survécu…

Gall gravit les marches jusqu'à son amie. La lumière verdâtre n'altérait pas la beauté de Camilia. Elle rayonnait de l'intérieur et même les Ombres ne pouvaient pas l'enlaidir. Gall posa doucement sa main sur la glace, près du cœur de Camilia.

– Je t'aime… murmura-t-il.

Et la glace devint de l'eau. Camilia ouvrit les yeux et sourit.

– Je t'attendais, dit-elle.

*

*   *

Clément leva la tête vers la lucarne. Le jour ? Cela faisait une éternité qu'il était là, avec le corbeau sur les genoux. Il se reprocha de ne pas s'être mis en quête. Gall avait forcément eu des problèmes. Mais comment se débarrasser de l'animal ?

– Il faut que j'y aille. Pousse-toi.

Il essaya de déplacer l'oiseau mais celui-ci lui lança un regard outré.

– Écoute, mes copains sont sûrement dans la panade. Quoi ? Oh, c'est mon sifflet ! T'entends ? Valentine !

Clément n'hésita plus. Il souleva le corbeau et le reposa sur le bureau. L'oiseau s'ébroua, déployant ses gigantesques ailes noires. Clément ne put s'empêcher d'admirer son allure quelques secondes. Au second coup de sifflet, il alla jusqu'à la porte. La serrure était gelée et la clé refusait d'y entrer. Clément chercha un objet pointu et trouva un grand clou tordu. Il tapa dans la serrure pour la libérer, ce qui n'eut aucun effet.

– Fais tout sauter.

– T'en as de bonnes, répondit Clément, avec quoi, hein ?

Clément se redressa et se retourna vers le corbeau qui se grattait derrière la tête.

– Qui a parlé ? Allons, bon, je deviens fou...

– Crrrroooaaaaa.

– J'allais le dire.

Clément découvrit une barre de fer qui avait dû servir à soutenir une lucarne. Il frappa à répétition dans la serrure.

Il y avait du bruit de l'autre côté, des voix normales et rassurantes.

– Ça y est ! s'exclama-t-il. Eh, les mecs ! C'est à vous de pousser, la porte s'ouvre dans votre sens ! Enfin, dans le mien...

Clément s'écarta. Il pensait voir Gall mais ce fut M. Sam qui surgit le premier, déséquilibré par l'effort. Gall et Camilia entrèrent ensuite, soutenant Valentine. Snoopy bondissait autour d'eux.

– Il fait chaud, ici, remarqua Gall.

– C'est très relatif, répondit Clément. Désolé de ne pas vous avoir ouvert plus tôt. Mais j'étais un peu coincé avec le…

Clément fit un signe du doigt par-dessus son épaule.

– Le quoi ? demanda Gall.

– Mais voyons, le…

Clément fit volte-face vers le bureau.

– C'est pas possible ! Il doit être dans un coin… Caché quelque part…

Clément remua tous les bureaux, déplaça les chaises, démolit les piles de vieux livres, fouilla les placards.

– Je l'ai pas rêvé ! D'ailleurs, regarde ma jambe, il y a un trou dans mon pantalon, il m'a griffé !

– Qui ? dit Valentine. Un monstre ?

– Oui et non, répondit Clément. Un corbeau. Mais un très très gros… Je ne sais pas comment il est entré et je ne sais pas non plus comment il est ressorti !

– Ce n'était peut-être pas tout à fait un oiseau ordinaire, dit Camilia.

– J'aimerais bien que quelqu'un m'explique... soupira M. Sam. Mais avant, il faut s'occuper de Valentine.

Et, pendant que M. Sam soignait Valentine avec les moyens du bord, Clément raconta sa mésaventure.

Gall osa à peine parler de Jules et de Domino.

– La fourchette ! s'exclama-t-il, soudain. J'ai vu ça... je sais... je sais ! Les papiers qui étaient dans la fente de votre escalier !

Gall ouvrit le bureau dans lequel ils rangeaient le cahier. À l'intérieur, là où Clément les avait laissés, il y avait les messages pliés en accordéon.

– Tenez. Une fleur, une flèche et une fourchette !

– Et alors ? demanda Clément. Ça prouve quoi ?

– Gall a raison, dit Camilia. C'est l'Enfant des Ombres. Vladimir t'a bien dit de chercher l'enfant, n'est-ce pas ? Et il a écrit dans son carnet qu'il a trouvé la solution en rêvant de sa mère. Eh bien, c'est ce qui m'est arrivé, à moi aussi.

– Tu as la solution ? espéra Valentine.

– Non, pas tout à fait. Mais j'ai rêvé de ma mère. Je ne l'ai pas vue, hélas... J'ai entendu sa voix. « C'est la haine, la haine de soi, la haine des autres. C'est la haine qu'il faut tuer. » Voilà.

– Nous sommes bien avancés, grommela Clément.

– La question c'est : qui ? remarqua Gall.

– Morgane ! s'écria Valentine. Morgane n'est jamais revenue dans le dortoir ! Ou elle est morte ou...

– La Reine des cauchemars, murmura Camilia. C'est elle, c'est évident... Souvenez-vous, au début, il n'y avait que Morgane qui voyait les Ombres. Elles se sont attaquées à elle parce qu'elle était sans défense. La haine de soi… Morgane ne s'aime pas. La haine des autres… Elle a toujours été une victime. Elle a appris à se servir des Ombres pour se venger.

– Mais c'est horrible ! dit Valentine. Je ne peux pas croire que Morgane ait voulu tout ça !

– Je ne le crois pas non plus, répondit Camilia. Les Ombres ont pris possession de son esprit… Comment dire ? Ils se nourrissent de leur haine mutuelle…

– Feed-back, précisa M. Sam. L'un donne, l'autre prend et redonne, et ainsi de suite…

– Gavées de haine, continua Camilia, les Ombres sont devenues énormes ! Et de plus en plus affamées… Il faut tuer la haine.

– Comment ? demanda Valentine.

– Il faudrait déjà qu'on retrouve Morgane, dit Gall. Si on lui explique, elle nous aidera peut-être ?

– Sans moi, soupira Valentine. Je ne peux pas marcher…

– Tu resteras ici, conseilla Clément. Hormis le « chose » qui rôde, le grenier est visiblement une oasis de paix !

– C'est sûrement à cause du « chose », répondit Camilia. Ton corbeau est un protecteur. Je suggère que nous partions en groupe, il ne faut pas nous faire d'illusions. Si les Ombres ont la moindre idee de ce que nous voulons essayer, elles vont tout mettre en œuvre pour nous empêcher de contacter Morgane ! Garde Snoopy, Valentine, je préfère qu'il ne nous accompagne pas.

– Il va faire peur à mon corbeau ! protesta Clément.

– Ça m'étonnerait que ton corbeau ait peur aussi facilement, rétorqua Gall. Et puis, il est parti.

– Et les autres ? objecta M. Sam. Tout le monde est en danger. Mme Guérin, les élèves…

– On n'a pas le choix, Mister Sam, dit Gall.

– Où peut se cacher Morgane ? demanda

Clément. C'est qu'elle est grande, la baraque !

– Soyons logiques, dit Camilia. La dernière fois que nous avons vu Morgane, elle descendait à la cuisine.

Gall pensa au cadavre de Domino dans le réfectoire. Il n'avait aucune envie de repasser par là. M. Sam installa Valentine sur une couche de livres en guise de matelas. Clément regarda le ciel par la lucarne libre de glace. Camilia l'imita.

– Il fait jour ?

– C'est bizarre, répondit Clément. Il y a vaguement de la lumière mais je ne sais pas ce que c'est... Où donc est passé le soleil ? En tout cas, il neige.

*

* *

La glace avait envahi le jardin, les deux cours de récréation et commençait à grignoter la route La neige se chargeait de recouvrir le reste. Le silence régnait car le vent s'était tu et la neige ne faisait aucun bruit en tombant. La mort blanche avait-elle déjà gagné ? S'il était difficile d'affirmer qu'il faisait jour, il n'en était pas moins sûr qu'on était le 1er novembre.

12
La Porte

Gall contempla son visage dans la pâleur verte de la glace. Tout, autour d'eux, avait pris cette couleur cadavérique. À croire que les autres couleurs avaient cessé d'exister. Camilia posa la main sur son bras. Il fallait descendre encore un étage. Il ne se passait rien, on n'entendait rien. Clément entra le premier dans le réfectoire.

Le corps de Domino était toujours à la même place, de plus en plus gelé, légèrement recouvert de givre. Clément refusa de regarder et alla immédiatement cogner dans les baies vitrées.

– Il faut sortir, dit-il. La vitre s'ouvre mais il y a un mur de glace derrière !

M. Sam donna un coup de poing inutile dans la glace.

Elle avait au moins trente centimètres d'épaisseur. On ne distinguait pas le jardin. Camilia continua avec Gall jusqu'à la cuisine. Elle était déserte. Camilia ramassa le bougeoir par terre. Pas de doute : Morgane était venue.

– Et si on l'appelait ? proposa Gall.

– Elle est peut-être retournée dans le dor toir.

Ils retrouvèrent leurs compagnons dans le réfectoire.

M. Sam s'était emparé d'un couteau à pain et essayait de creuser dans la glace. Clément l'observait d'un air critique.

– Je persiste à penser, dit Clément, qu'on n'arrivera à rien de ce côté-là... Il n'y a plus qu'une seule issue dans tout le bâtiment. Et c'est la lucarne du grenier.

– Et une fois sur le toit, tu fais quoi ? demanda Gall.

Clément grimaça en réfléchissant. Puis la réponse lui parut soudain évidente.

– Je prie poliment mon compère corbeau de me déposer dans le jardin !

– Même s'il revenait, même s'il comprenait, tu serais trop lourd pour lui !

– T'as pas vu mon corbeau, répondit Clément, vexé.

– Nous avons beaucoup à faire dedans, dit M. Sam. On peut peut-être penser au dehors plus tard ?

– Mais... et la porte ? dit Camilia. Vous vous souvenez ? La Porte du Samain. Elle est dehors.

– D'où vous vient une idée pareille ? demanda M. Sam.

– De vous, Mister Sam. Et de ce quelque chose qui parle dans ma tête. Et du corbeau et du mur solitaire et déplacé et de Vladimir et de...

– Ça ira, merci, dit M. Sam. Faisons preuve d'un peu de constance. Nous étions à la recherche de Morgane.

Ils regagnèrent le hall et n'allèrent pas plus loin.

L'escalier avait disparu. Ou, plutôt, on pouvait supposer qu'il était encore là mais inaccessible. Il avait été remplacé par une montagne de neige.

– Comment cela a-t-il pu se produire en aussi peu de temps ? demanda M. Sam.

– Eh bien, c'est clair, dit Gall. Il faut qu'on sorte !

Il repartit aussitôt dans le réfectoire, déterminé à percer la glace. Il poussa une exclamation de stupeur.

– Domino ! Je te croyais morte !

La tête de Domino tomba vers l'avant, remonta vers la gauche et se tint à peu près fixe quelques secondes. Elle souriait et regardait la fourchette dans sa main. Elle était debout mais une de ses jambes ne cessait de glisser et de revenir en place. Le souvenir de la danse de Jules et du bonhomme s'imposa à Gall. Bien sûr. Domino n'était pas seule.

– Et tu l'es… Tu es morte !

Les yeux vides d'expression se tournèrent vers lui. Domino bougeait comme un automate. Ses pieds touchaient à peine le sol, sa main avec la fourchette allait de haut en bas par saccades. Une force inconnue la tenait presque droite, mis à part les mouvements désordonnés de sa tête.

– Attention, dit Gall. Elle veut nous attaquer.

– On est assez nombreux pour l'encercler, remarqua Clément. Merde ! Je n'ai jamais aimé Domino mais ça… c'est insupportable.

– C'est ça… dit Camilia. C'est ça… Nous l'aimons !

Avant que l'un d'eux ait pu la retenir, Camilia s'était approchée si près de Domino que la fourchette la menaça.

– Je suis ton amie, poursuivit Camilia.

La fourchette s'abattit sur son bras. Camilia sursauta mais ne recula pas.

– Je sais que tu es née de la haine et que la peur te soutient. Mais, sûrement, tu te souviens d'une époque où le rire remplaçait la terreur et l'amour emplissait ton cœur. Ne crains rien, je t'aime.

La fourchette s'éleva à nouveau. Le poignet se cassa, la tête retomba vers l'arrière. Il n'y avait plus d'énergie dans les gestes. Et, brusquement, le corps s'effondra et resta immobile.

– Valentine avait raison, dit Camilia. C'est notre propre peur qui les nourrit.

– Alors, il suffirait de les affronter pour les détruire ? demanda Clément.

– Les éloigner de nous, oui. Les détruire, ça m'étonnerait. Morgane a cessé d'être harcelée par les Ombres quand elle n'a plus eu peur d'elles. Mais les Ombres se sont attaquées aux autres. Et puis, j'ignore comment on peut se délivrer de la glace..

Clément se planta devant la baie vitrée et fusilla le mur de glace du regard.

– Barre-toi ! cria-t-il. Bon, ça ne marche pas...

Gall, pris d'une soudaine inspiration, était allé vérifier l'escalier côté garçons. Il les appela, la voie était libre par là.

– Repassons par le grenier, tout simplement.

– Ça ne va pas être facile d'ouvrir notre porte, répondit Clément. Enfin... allons voir si Valentine est O.K.

– Il veut savoir si son corbeau est revenu, souffla Camilia à Gall.

Le corbeau n'était pas revenu. Valentine somnolait vaguement, vaincue par la fatigue et la douleur. Clément monta sur un bureau et souleva la lucarne, faisant tomber de la neige à l'intérieur.

– En tout cas, c'est possible, dit-il.

– Fais pas l'idiot, répondit M. Sam. Si quelqu'un doit faire le zouave là-haut, ça sera moi.

– Trop lourd! lança Clément.

Il se hissa à la force des bras et monta sur le toit. Il n'était pas premier en gymnastique pour rien!

– Clément, redescends tout de suite!

– Non! C'est dingue, on se croirait en Alaska! Je pense que je peux atteindre la gouttière... Personne n'a un piolet? Ça fait un peu ascension du Mont-Blanc, par ici...

Clément dérapa sur les tuiles gelées et s'arrêta en catastrophe juste au bord. Il serra les dents avant de regarder... en bas. La gouttière était prise dans la glace et Clément ne se voyait pas trop glisser sur cinq étages. Il ne voulait pas non plus renoncer. Il se mit à plat ventre de façon à passer ses jambes dans le vide. Il s'accrocha à la bordure et tapa du pied dans la glace autour de la gouttière.

Un morceau se détacha et s'écrasa sur le sol. C'était encourageant. Il pourrait peut-être se tenir au tuyau en enlevant la glace au fur et à mesure. Il empoigna le bord du toit et se balança dans les airs avant de se coller à la gouttière. Ses pieds reposèrent brièvement sur le bloc de glace qui s'effondra sous lui. Sûr qu'il pourrait délivrer le tuyau de la glace ! Mais il allait tomber avec elle ! Ses doigts se coupaient sur le métal de la bordure. Enfin, il réussit à entourer la gouttière de ses jambes. Ouf. Il avait les épaules en compote. Maintenant, il fallait continuer en serrant le tuyau au plus près. Il arriva à une fenêtre, celle d'une étude. Il souffla un peu en s'appuyant au volet.

– Hello ? Ça va ? dit une voix au-dessus de lui.

Clément n'osa pas lever la tête. Gall avait dû le suivre et le surveillait du toit.

– Ça va ! répondit-il. Mais n'essaie pas de faire ce que je fais ! La tuyauterie n'y résisterait pas !

Il reprit sa descente. Il s'approchait de la fenêtre suivante, certainement celle d'un dortoir. Tiens... Elle était ouverte... Clément jeta un regard à l'intérieur. Bien sûr ! C'était la chambre de Valentine ! Et ça n'avait plus de chambre que le nom... Clément hurla. Une ombre blanche brandissait la béquille de Valentine devant lui. Elle frappa dans son coude. Clément lâcha, se rattrapa et se protégea en repoussant la béquille avec le pied. La forme blanche était celle d'un drap et s'il y avait quelque chose en dessous, impossible de le savoir. Clément ne pouvait se battre qu'avec sa jambe. Il se félicita d'avoir appris le karaté quand il était petit.

– Fous le camp, mais fous le camp, saleté ! Tu ne me fais pas peur !

L'Ombre abandonna brusquement la lutte. Elle choisit d'utiliser la béquille pour arracher le tuyau du mur. Un craquement sourd prévint Clément que la gouttière s'était cassée au-dessus de lui. Le tuyau se plia jusqu'à la soudure suivante. Clément se retrouva suspendu entre ciel et terre, à un mètre du mur et malheureusement plus près de la terre que du ciel... Il entendait un rire sinistre et les cris désespérés de Gall. Le tuyau fléchit encore... Il allait se briser. Clément fit un seul mouvement de balancier et lâcha prise. Il rattrapa la gouttière plus bas. Par chance, l'attaque de l'Ombre avait détaché beaucoup de glace du tuyau. Clément put s'accrocher facilement. Gall lui criait bravo du haut du toit. La béquille effleura la tête de Clément en tombant. L'Ombre avait dû la lui lancer par dépit.

Plus que deux étages. Plus qu'un. Clément se roula dans la neige. Il avait gagné ! Il reprit son sérieux et chercha le mur solitaire et déplacé. Ou plutôt ce qu'il en restait. Tout avait disparu sous la couche de neige. Même la ruine de la chapelle était blanche et informe.

– Je fais quoi, moi, maintenant ? demanda-t-il à Gall.

– Je ne sais pas, c'est toi qui as voulu descendre !

Clément se sentit un peu bête. Camilia saurait sûrement ce qu'il fallait faire avec la Porte, comment l'ouvrir, par exemple… Clément ramassa la béquille à tout hasard. S'il avait besoin d'une arme.

*
*   *

Il n'y avait pas de place pour deux à la lucarne. Camilia laissa M. Sam surveiller Gall, monté sur le toit. Elle regarda Valentine endormie. Snoopy remua la queue et voulut la suivre. Elle lui fit signe de rester. Il obéit avec un soupçon de reproche dans l'œil.

Camilia longea les couloirs verglacés. Elle s'arrêta devant la salle d'études des sixième. Il y avait là quelque chose de très bizarre : la porte était dégagée de la glace. Il y avait bien une raison à cela. Camilia n'hésita pas, c'était presque une invitation à entrer.

Les tables étaient transformées en pains de glace. Morgane lui tournait le dos. Elle dessinait avec le doigt sur le tableau givré. Camilia reconnut la fleur des papiers pliés en accordéon.

– Qu'est-ce que c'est comme fleur ? demanda-t-elle.

– Un coquelicot.

– Pourquoi ?

– Parce que c'est moi. Une fleur qui meurt quand on l'arrache à son champ de blé.

Alors, la Porte du Samain s'ouvrit. Ce n'était pas du tout ce que Camilia avait imaginé. La Porte était à l'intérieur d'elle-même. Elle fut soudain inondée de lumière. La sagesse et la clairvoyance se mirent à parler par sa bouche.

– Je ne suis pas ton champ de blé.

Morgane se retourna brusquement, le visage tordu, déformé par la haine.

– Si ! Tu étais à moi ! Et ils sont tous venus pour m'enlever de ton cœur ! Vous m'avez tout pris ! Vous m'avez même volé les Ombres ! C'étaient les seules qui s'intéressaient à moi… Je les avais apprivoisées…

Morgane, il y a de la place pour tout le monde dans mon cœur ! Tu y avais ta place, aussi. Mais tu dois apprendre à vivre par toi-même… Je devrais dire pour toi-même. Si tu es ce coquelicot, tu n'es pas seulement une fleur fragile prête à mourir. Tu es la beauté, l'éclat rouge, la délicatesse, la tendresse et tu fleuris dans un champ qui nourrit. Le coquelicot n'est pas une fleur solitaire, il aime la compagnie. Et c'est pour ça qu'on l'aime en retour.

Camilia regarda ses pieds. Ils étaient dans l'eau. La glace commençait à fondre dans la pièce.

– Qu'est-ce que j'ai fait ? demanda Morgane, atterrée.

– Rien. On s'est servi de toi et tu as cru qu'on te venait en aide. Maintenant, il faut que tu te défendes.

Camilia poussa la couche de glace derrière une fenêtre. La lumière du jour lui parut plus nette, plus franche. Le petit Clément était dans le jardin, il lisait le carnet de Vladimir.

– Viens, dit Camilia. Le soleil ne demande qu'à apparaître. Mais tu es la seule à pouvoir l'appeler.

Morgane s'approcha d'elle. Camilia lui prit la main.

– Libère-toi. Tu as le ciel à ta disposition.

– Je veux que vous me laissiez tranquille ! hurla Morgane.

Clément leva les yeux et les aperçut. Camilia écouta les voix qui murmuraient dans son cœur, les voix derrière la Porte.

– Non, dit Camilia. Ce n'est pas ça.

– Je ne veux pas qu'on fasse du mal à cause de moi ! cria Morgane.

– Non, dit Camilia.

– Je veux qu'on m'aime !

– Non !

– Je veux aimer comme le coquelicot aime son champ de blé !

Les éclairs sillonnèrent les nuages, les déchirèrent en lambeaux. Un coin de ciel bleu apparut, pâle et timide. La neige s'écroulait tout autour de Clément. Mais lui ne regardait qu'une seule chose.

Le corbeau noir décrivait des cercles au-dessus de sa tête, en croassant. Clément l'aurait parié, il l'appelait par son nom.

Morgane riait. Elle était à nouveau cette petite fille, celle d'avant, celle d'il y a si longtemps... C'était comme si elle s'était perdue pendant des années dans des forêts profondes et noires. Et voilà qu'elle retrouvait la prairie.

La température remonta de trente degrés. Mme Guérin et les élèves se réveillaient doucement. Il leur faudrait plusieurs heures avant d'être tout à fait conscients.

– Descendons dans le jardin ! cria Gall du haut du toit.

M. Sam prit Valentine dans ses bras. Snoopy jappait et bondissait. Il sentait, lui aussi, que tout était fini.

Peu avant qu'ils se retrouvent dans le jardin, le soleil perça. Le corbeau s'éloigna dans le ciel enfin clair.

Camilia s'arrêta sur le seuil.

Elle aurait voulu conserver pour toujours cette merveilleuse sensation dans son cœur. La certitude, la compréhension, la connaissance et la lumière. Et garder ce contact avec sa mère qu'elle savait être là, derrière la Porte. Elle sourit, profita de ces dernières secondes d'illumination.

Et la Porte se referma.

Du même auteur à *l'école des loisirs*

Dans la collection Médium

À nous la belle vie !
Ailleurs rien n'est tout blanc
Cela
La chambre du pendu
Derrière la porte
L'écolier assassin
La marque du diable
Un phare dans le ciel
Le puits d'amour

Dans la collection Neuf

Un ange avec des baskets
La chose qui ne pouvait pas exister
Vilaine fille
William et nous